内藤千珠子
Naito Chizuko

愛国的無関心

「見えない他者」と物語の暴力

新曜社

はじめに

世紀が変わってからの十数年、日本や日本人という言葉の語感は大きく変化した。少し前まで、戦争という単語は日本の過去を語るものであったのに、いまでは日本の未来に起こりうる危機を告げる身近な言葉と化した。その文脈を、新しい愛国主義やナショナリズムが支えている。

論理を複雑な議論をとおして考えることよりも、イメージやわかりやすい図式が好まれるのが、いまの空気である。だからこそ、シンプルな愛国的感覚は、あたりまえで自然な感情として認識され、世の中に広く行きわたっているといえるだろう。日本人という単語に自分を預けることで自我を保とうとするメンタリティは、日本や日本人という記号を無条件に肯定する力になる。日本人としての誇りをもって日本を愛するのは当然のことであり、自虐的な姿勢で過去を反省する時期はもう終わった、歴史に対する一般的な態度として、そのような疚しさなどもはや見飽きた、という感覚が支配的になりつつある。

他方で、未来への希望をもつことは難しくなった。格差社会を背景に息苦しい閉塞感が広がり、大震災と原発事故の後には、取り返しのつかない問題から目を背けつつ、ゆるやかな絶望感がわかちもたれている。未来の方がいまよりも豊かになるという手応えがもてないため、たのしく充実した実感を味わうことは難しくなり、小さなことに腹を立てたり苛立ったりする瞬間が増加していく。実際、多くの人にとって、電車のなかや公共の空間で、攻撃的な気分になる回数が増えているのではないだろうか。日常的な場面で、クレームを言い立てる人の数も激増したように感じる。不安や不満、怒り、コンプレックス、嫉妬から、不愉快な感触が醸成され、ストレスをコントロールしにくい心理状態が社会の標準となっている。

不快な感触をリセットするために、現在の日本社会にみられる現象こそが、バッシングにほかなるまい。大勢が攻撃することが予測される対象や出来事が現われたとき、皆と一緒になって攻撃を加える。自分には批判が直接返ってこないことがわかっているものに対してのバッシングに参加することで、負の感情が解消されるばかりか、集団に身をゆだねることで安心感が得られる。そうやって心のバランスを保つことができるというわけだ。したがって、バッシングの対象は実際のところ、誰であっても何であってもかまわない。

誰でもいい誰かに向けられた攻撃的な暴力は、愛国的なナショナリズムに転じて、日本社会の全体を覆っている。とりわけ「韓国」「北朝鮮」「中国」「在日」といった記号に際だった暴力が向けられていることは、バッシングすることに論理的な根拠があるかにみえるという点に起因しているのだろう。それは、誰もが自然にもっているはずの、愛国的な感覚に支えられたナショナリズムを根拠とする意見の表明である。時として行きすぎた暴力になり、自分としては過剰な暴力を容認するわけではないが、基本的にその考えは間違っているわけではない。攻撃する集団の一部になれば、日本人である自分の自我を支えることができ、不満や不安などの否定的な感触を忘れ、結果として自分を肯定することができる。このように要約できる漠然とした意識を、多くの人が共有しているといえそうだ。

こうした現在の愛国的空気は、かつての帝国主義やナショナリズムの形式とは異なり、思想や論理を欠いた感情の表出のようにもみえる。学術的に分析したり、論理的に検証することのできない、あるいは、そうするまでもなく明らかな気分やイメージだと、いえばいえるだろう。

だが、私には、この愛国的空気が、近代の帝国主義が日本語のなかに形成した無関心の回路をベースに、日本語を使用する人々の無意識を呪縛しているように思われる。なぜなら、バッシング的な攻撃をする側は、「韓国」「北朝鮮」「中国」「在日」をイメージ上の存在としてしか見ておらず、具体的な他者に対する関心や興味を欠いているからだ。愛国的な気分で同化した「わたしたち」は、「韓国」「北朝鮮」「中国」「在日」の内実を、自分が向き合った具体的な誰かや何かとして見ているわけではない。

すなわち、それらは任意の記号であり、容易にほかの対象と入れ替わりうる。負の感情が解消できるなら、バッシングの対象は何であってもかまわない。

その感触の根底には、他者に対する無関心、さらには自分が置かれた社会的、歴史的、政治的な構造に対する無関心がある。そしてこの無関心は、実のところ、見たくないもの、知らなくてもすむものを見ないで避ける行為を許容するという、近代日本の言説の形式によって、日本語のなかに網の目状に広がり続けているのである。

本書は、現在の愛国的空気が、近代日本の帝国主義に基づく無関心に起因しているという観点から「愛国的無関心」というタイトルを掲げ、そのしくみを解き明かすことを目的として書かれたものである。具体的には、近代天皇制の権力構造を背景とした大日本帝国の検閲システムや物語の形式を手がかりに、現代と近代を行き来しつつ、帝国主義とジェンダーとの関わりから、日本語という言語のなかに構成された論理と、愛国的無関心の構造について考察する。

時代としては、一九一〇年代から現在というこの百年の間を考察の射程に、また、分析対象としては、メディアの言語、小説テクスト、映画などを取り上げて議論を進めていく。過去から現在に向かう時間の流れを通時的に記述するのではなく、現在と過去のある一点を対照させることによって、現代の論理を下支えしている言説の構造を可視化することを意図している。

第一部「検閲と帝国」では、近代日本の検閲システムのなかに現われた「伏字」という制度をにらみつつ、現在の愛国言説をベースで支えている論理について明らかにしたい。そして第二部「物語の制度」では、「伏字的死角」について、制度としての物語を考察する観点から議論していく。

「伏字」とは、そのまま活字にしたなら発行が禁止されるかもしれない、危なさを含んだ文章の一部を、出版する側が自主的に○や×などの記号に置き換えて伏せるという、近代日本に特有の自己検閲的システムである。重要なのは、○や×を含んだ文章が活字になったとき、それが読めない空白を含んだ記号の集積体、死角を備えたテクストとなることだ。伏字は、ただの空白ではなく、もともと存在していた、対応すべき記号を備えた空白の場所である。より厳密にいうと、空白のようであって実はそうではなく、見えなくされた意味があることを表示する記号の場所を作るのが、伏字の役割である。

本書ではそれを「伏字的死角」と呼び、そのような死角を含んだ言説の論理こそが、近代の日本語の基層にあって他者に対する無関心を形成していることを明らかにしていく。検閲システムとしての伏字はすでに存在しないが、伏字という表現形式は、現在の日本語表現のなかに残っている。それはつまり、伏字の論理が現在に至るまで延命していることを意味しているだろう。

愛国的無関心は、他者に向けられた暴力にもなりうるが、実のところ、自分自身を傷つけるふるまいにも通じている。だが、それが死角によって形成されたものであるがゆえに、自分を損なう可能性が自分からは見えにくいという、逆説的な状況が継続しているのではないだろうか。こうした問いを念頭に、以下、帝国主義とジェンダーの過去と現在について思考していきたい。

愛国的無関心――「見えない他者」と物語の暴力＊目次

第二部　物語の制度

装幀――難波園子

資料の引用に際しては、書名・作品名、新聞・雑誌名は『　』に、新聞・雑誌記事のタイトルは「　」に統一した。また、註を補う場合は〔　〕で括って示し、引用文中のルビ・圏点などは適宜省略した。

第一部　帝国と検閲

第一章　愛国とジェンダー

1　生きにくさと暴力——ネット右翼と排外主義

現在の空気を象徴する「愛国」は、そこはかとない共感や同意によって想像された絆をつなぎながら、その絆からはみだした他者に対して、厳しい暴力を振り向ける。誰かに向かう強力な攻撃性の裏には、誰にも向かわない乾いた無関心がはりついているように見える。愛国的な空気は、いったいどのような論理によって組成され、いかなる物語と結びついて、社会的な感性を醸成しているのだろうか。

ヘイトスピーチなどの憎悪煽動行為に言及する論者は、それが在特会（在日特権を許さない市民の会）に限定された現象ではなく、[1] 日本社会の全体を覆う空気にほかならないことを口々に指摘している。たとえば師岡康子は、ヘイトスピーチの下地には日本政府の歴史的な姿勢があるとし、「排外主義デモをやっている人たちはどのような人たちなのかとの問いは、彼らは自分とは違う特異な人たちだということを前提にしている。しかし、彼らは政府の排外性を反映した日本社会の一部であり、その醜さを露骨に表現しているにすぎない」と述べる。[2]在特会による京都朝鮮学校襲撃事件を取材した中村一成は、「何より脅威だったのは、右肩上がりで増えていくフォロワーと、サイバースペースを飛び出したデモ参加者が数倍になった事実だった。自らの「正義」に陶酔し、人を傷つけ、蔑むことに心底からの快楽を覚える者たちの裾野は広がっていた。「在特会的なるもの」はここまで日本社会の隅々にまで浸透していたのである」と危惧を表明している。[3]また、森達也は、日本社会全体の「集団化」が進んでいることを述べた上で、「問題は在特会そのものだけではなく、彼らを醸成する今のこの国の雰囲気だ」と言明する。[4]

加えて、現在の排外主義がインターネットというメディアと密接に関連しているという指摘も多く、野間易通の言うように、在特会的なものの特徴は「ネット上の言語感覚を街頭にそのまま持ちだしたこと」にあるといってよいだろう。そもそもの出発点として、匿名掲示板サイト2ちゃんねるにはオープン直後から「人権問題」という掲示板があり、そこではあからさまに差別的な発言が容認されていた。[5]そうした構造の延長で、現在でも、ネット空間は差別的な感性に下支えされている。インターネットが人々の感性を再編していくありようを分析した村上裕一は、ネット時代の新しい中間大衆を「フロート」と呼んでいる。

むしろ、ここで解き明かしたいのは、ネトウヨという言葉が暗に指し示すフロートの存在と、その背景となる環境や条件のほうです。改めて確認しますと、フロートとは、強いイデオロギーを持たないネット時代の新中間大衆であり、それゆえに情動的に大きく左右に揺れ動いてしまう「浮動的」な人々のことでした。フロートは、ここではネトウヨの前段階の存在として現れてきます。

（『ネトウヨ化する日本』）

スマートフォンが普及した現在では、情報を主としてネットから取得することになるが、その際、人々は2ちゃんねるから情報を抽出した「まとめサイト」やネットニュースに日常的に触れる。実のところ、まとめサイトやネットニュースは右翼的な論調がベースとなっているが、「フロート」はそれを知らずに自然なものとして情報を受容してしまうため、容易にネット右翼に流入しうる存在にほかならないというわけだ(6)。つまり、ネット空間を浮動することは、排外的な感性を内面化した「わたしたち」を大量生産する過程と化すのである。

現況の基本的な構造を大きくまとめるなら、第一に、同調圧力を背景に集団化が進行した社会において、在特会的なるものの暴力は、ネットを背景に標準化されスタンダードとなっているという事態があり、第二には、インターネットに内在された右翼的な傾きが、それと意識されないままに排外主義的なコードを共有する絆を生成している様相が見いだされる。排外主義の現在形は、閉じられたネット空間において、新たな集団的感性を生み出しているが、そこでは、差別的な物語が現実と地続きになって、現実の空気を更新していくのだ(7)。

2　快楽としての愛国

では、排外的な傾きを帯びた愛国言説は、具体的にどのような論理をもっているのだろうか。まず、ネット右翼、あるいは保守系論客として発言する書き手や活動者の主張に共通する第一の論理は、「ネットで目覚めた」という「覚醒」の感覚である。右派の論客である古谷経衡は「「ネットで目覚めました」という言い方をする人は実に多いですよね」と語るが、[8]「目覚める」「覚醒する」といった単語は、愛国言説におけるキーワードである。女性ブロガーのYOKOは、自著のなかで「覚醒」の言葉を繰り返し用いながら、愛国的な活動をするようになったきっかけについて、次のように叙述する。

その後、2012年に人生の流れが変わることになりました。中国による尖閣問題や、韓国による竹島問題を通して、ある日、自分が生きている社会の実態が自分の思っていたものと違うことにハッと気付いたのです。以前から勘付いていたマスコミのおかしさともリンクする部分がありました。[9]

（『超人気ブロガー Random YOKO の新・愛国論』）

彼女の「ハッと気付いた」瞬間こそ、覚醒という物語を象徴しているのだが、それが歴史認識が逆転したことを意味している点に留意しておきたい。一方、自ら愛国運動を実践する佐波優子は、愛国的な活動をする女性たちを取材した『女子と愛国』において、逆転の体験が何人もの女性たちにわかちもたれていることを記している。

この正反対ぶりは何なのか。今まで刷り込まれてきた贖罪意識に対する新しい歴史観に、どの女子も戸惑い、悩んだ。どちらが正しいのだろうか。そして、子供時代に感じてきたあの疑念の正体が、作られた自虐的な歴史観だということを知り、愕然とするのである。学校で習ってきた歴史、特に近代の歴史が、後に知った事実と違う。[10]

（『女子と愛国』）

覚醒して正反対の自分に変わる、逆転を体験するということは、「わたしたち」の「贖罪意識」を退け、それを逆に、騙されたという意識に置き換える。学校、マスメディアが示した歴史認識は嘘だったのであり、欺かれてきた「わたしたち」は「正反対」である「新しい歴史観」を手に入れるのだ。もちろん、学術的にみればこの「新しい歴史観」には、歴史的事実としての誤りが含まれるといえようが、「どの女子」もネット右翼も、それを正義として共有する。ネット言説の正義を確信できるのは、ヘイト言説においては「虚偽のなかに事実をちりばめることによって、なんとなくそれらしい論に仕立て上げる」という文法が有効活用され、「それらしい論」に見せるための情報ソースが引用されるという形式がとられるからでもあるが、[11]排外的で右翼的な言語感覚が集団的な感性によって共有されている背景があることは、先に確認したとおりである。

第二に、嘘によって欺かれていたという感覚に支えられた強固な被害者意識が、愛国言説の重要な特徴となっている。在特会を取材してきた安田浩一は、「日本社会はこれまでずっと、在日コリアンに対する差別と偏見を抱えてきた。上から見下すような差別は、いつまでたっても消えてなくならない。在特会が「新しい」のは、そうした差別的視点を温存させつつ、下から見上げるような差別をも持ち込んだことだ」、「在日コリアンについて尋ねると、会員たちは言い澱むことなく、自らの「被害」を訴える」と指摘する。[12] また、古谷経衡は、ネット右翼が「インターネットを逃避の手段に利用しているわけではなく、既存の大手マスメディアによって黙殺、あるいは無視された情報や声の避難先であったという側面」があるのだとし、[13]「既存の大手マスメディアに対するアンチテーゼ、ないしはカウンターとして出発した」と論じている。[14]

つまりここには、抑圧された被害者が、既存の権力に対して抵抗するという文脈が作られており、[15] 愛国や保守は、被害を受けた「わたしたち」が抵抗する革新運動として意識されているのである。この場合の権力は、国家や制度そのものではなく、国家のような大きな権力と対抗し、批判することのできる権威――すなわちリベラルで左翼的な権威――であり、愛国はだからこそ、大きな権力によってやわらかく守られる。敵としての権威を微妙にずらしながら定義しつつ、被害者の位置を仮構することこそが、愛国言説の矛盾に満ちた背理を論理的な正義として表象する仕組みにほかなるまい。

続いて第三に、愛国言説は、被害者としての「わたしたち」を主人公とした闘いを、エンターテイメント性のある物語として表現する。在特会はヘイト・デモを娯楽ビデオに仕上げ、ネット上にアップし、販売さえしているわけだが、村上裕一は、こうした行為の根底に「自分たちの活動を英雄化――もっと言えば物語化したいという欲望と、それによって多くの視聴者に働きかけたいというマーケティング」があると分析する。[16]

憎悪煽動行為を批判する多くの論者は、愛国という論理の影に、快楽に通じる回路があること、差別を楽しむ「軽さ」のあることを問題化している。[17] 愛国活動をする女性たちを取材した北原みのりは、慰安婦問題をテーマに掲げた活動に触れて、「「売春婦〜」と叫ぶ声には、明確な悪意が込められているのに、どこか楽しげな雰囲気が漂っていた。その言葉がそんな調子で街中で放たれるのを初めて聞いたせいだろうか、耳にざわりとはりついて離れない気持ち悪さがこみ上げてきた」と記し、[18] 朴順梨《ぱくすに》は、愛国女性の姿を次のように再現する。

「〔…〕それに面白いじゃないですか」
面白い？　何が？　そう問うと彼女は、フフフと軽い笑いを浮かべた。
「自分が『こんなのとんでもない！』と思ってることを堂々と怒りながら主張していると、賛同する人が現れるんです。デモは舞台っていうと変ですが、皆に問題意識を持ってもらいたいって時におとなしく諭しても訴えるものがないので、そのための行動だと思うんです。〔…〕」[19]
（『奥さまは愛国』）

「フフフと軽い笑いを浮かべ」、「面白いじゃないですか」と語るこの愛国女性が、「デモは舞台」と述べていることが象徴するように、そこは「わたし」が登場する物語の舞台として意識されているのだ。

ここまでの議論を整理しておこう。まず第一に、愛国言説を語る「わたし」は、左翼的な既存権力やメディアの嘘とネット空間における真実という二項対立のなか、嘘から真実の側へと逆転し、覚醒の物語を生きている。この逆転は、それまで抱いてきた疚しさ、すなわち植民地化された側から加害者とみなされ、過去の罪を償いきれずにいるという感触を消してくれる効果をもつ。第二に、その真実から導かれた正義のなかで、正義を知った「わたし」「わたしたち」は欺かれ、抑圧された被害者の立場にある。したがって、愛国の論理や保守の論理とはカウンターにほかならず、「わたしたち」が生きるのは、抵抗の物語だということになる。第三に、そうした論理に基づいた行動は、エンターテイメントとしての物語の姿をとる。その物語は、客観的にいえば、「在日」「従軍慰安婦」「韓国」などの記号化された他者への暴力そのものなのだが、権威への抵抗といった身ぶりが、加害者としての帝国の過去につながる後ろめたさを中和することに加えて、愛国言説を消費する「わたしたち」が、「面白い」「楽しい」という感覚を通じて共感できる物語となっている。そして、そこには、普通の「わたし」が共感によって物語の主人公になることができるという道筋が示されているのだ。

3　愛国の物語とジェンダー――従軍慰安婦問題と「真の被害者」

さて、こうした愛国言説をジェンダーの観点から捉え返してみると、実のところ、いずれの特徴も女性という語り手と親和性が高く、愛国の言説論理にとっても女性という行為体にとっても、相互に利用価値の高い有用性を保持していることに気づかされる。なぜなら、ジェンダー化された構図のなかで、女性は排除された他者として不利益を被るマイノリティなので、「被害者であるわたし」という話者の位置に収まりやすく、「女の語り」は被害者の物語を語る上で説得力をもちやすいからだ。さらに、被害者と加害者を逆転させる、あるいは正反対の場所に覚醒するという逆転の力学、カウンターという抵抗の姿勢は、社会的に不利な自分の立ち位置を反転させる好機に通じているという点で、マイノリティの側にとって魅力的な構図にほかなるまい。

したがって、フェミニズム運動と関わってきた北原みのりが、愛国女性たちを目の当たりにして「彼女たちの正義感、彼女たちの運動の手作り感、彼女たちの真面目さ、彼女たちの苛立ちは、決して私が知っていたものと遠くはない。そのことが私にはショックだった」と言い、「男と共に愛国のために戦う女たちの闘い」からもウーマンリブのような「女の運動が生まれる可能性はあるのだろうか」と語る感触は、示唆的で意味深い[20]。両者には論理の下層において共通項があるのだといえよう。

ところで、愛国女性の運動のなかでは、とりわけ従軍慰安婦問題が、男性がやると「いじめ」に等しくなってしまうから女性が取り組むのだといった観点から中心化されているのだが、従軍慰安婦問題において浮上してくる二元構造には、加害者としての日本兵に対する被害者としての従軍慰安婦という図式に加え、「偽の被害者」対「真の被害者」という二項対立が重層的に結び合わされている。「日本女性も想像を絶する被害に遭っている」のに、「日本女性の被害者は声を挙げないから、顧みられなくてもいいのか」という主張にみられるように[21]、この二元構造は、声をあげる被害者と、沈黙する被害者という構図を示すのだ。

沈黙する真の被害者という視点は、すでに九〇年代の「新しい歴史教科書をつくる会」の主張のなかにもあったものではあるのだが、[22] 現在の愛国女性の言説論理において、被害者意識は批判されるべき重要なファクターとして措定されている。北原みのりと朴順梨が取材した愛国女性たちは、「被害者妄想」「被害者意識」「弱者ぶる」「被害者面《づら》する」といった要素を、元「従軍慰安婦」を非難する論拠として強調する。

> 『私はかわいそうだ』って思った時点で、すべてに負ける気がするんです。だから今のジェンダーとかフェミニズムとかって、被害者意識を強調しているような気がするので、納得できません。私は本当に強くて男性と同じ場所に立てるのは、被害者意識を強調しない女性だと思う。だからもしかしたら慰安婦さんの中にも、100人に1人ぐらいは状況に納得していた人がいたんじゃないかって。[23]
>
> （『奥さまは愛国』）

引用部から、「被害者意識」を媒介に、元従軍慰安婦と、フェミニズムやフェミニストが批判の対象として重ねられていることは一目瞭然だが、加えてここには、既視感のある、女性を分断する境界線のあることが読み取れるだろう。フェミニズムが批判されるときの文法として、フェミニズムの実現によって利益を得るのはエリートであるフェミニストだけにすぎず、一般の女性は無関係で、損をするだとか、真に差別されている女性は別に存在するのだ、といった枠組みが用いられることは多いが、[24] 従軍慰安婦問題が浮上するときに伴われる女性を分断する境界線は、まさにそれと同じ力学として現われている。

つまり、分断された境界線の上で、被害者のポジションをめぐる不可視の闘争が繰り広げられているのだ。被害者面をして利権を得る敵と、沈黙する真の被害者である「わたしたち」、という構図がそれだ。「従軍慰安婦」という記号のなかには、被害者としての元従軍慰安婦女性によりそうフェミニストの存在が、自らに都合のいい被害者妄想をふりかざし、嘘をついて利益を得ようとする敵として重ねづけられる。その他者としての敵を非難することによって、愛国の発話者である「わたしたち」の場所が生成する。被害を言い立てない女性たち、すなわち沈黙する真の被害者の美しさを称揚することは、それを知る美しい愛国女性の語る位置を構築するのである。

男性とは異なり、実際に社会的マイノリティであることは確かなのだから、愛国女性たちはわざわざ自分が「被害者」だと主張する必要がない。沈黙する女性は女性ジェンダーの規範に則った女性像を補強するものであり、規範によって支持されるだろう。それがフェミニズム運動と似ていて「遠くはない」のは、彼女たちが社会的な行動を起こしているからだ。だが、フェミニズム運動と異なり、規範によって保護されるために、自分の意志を表明したいという欲望を行動に移すときのハードルは極めて低くなる。沈黙を擁護する「わたし」は、規範の大きな力に守られながら、物語の主人公になる舞台を手に入れることができるのだ。

むろん、愛国女性の論理のなかには、愛国言説の論理同様あらかじめ破綻が組み込まれており、それは矛盾まみれの背理でしかない。沈黙する女性を代理する愛国女性は、受容する沈黙者のイメージを借りながら、実際には沈黙していないのだし、従軍慰安婦もフェミニストも虚構の敵であって、女性を分断する境界線は、最終的には女性ジェンダー化された者たちをこそ損なうものだからである。

4　無関心の論理

このように、愛国運動をする女性が増えている現象の背後には、愛国言説の背理が「女の語り」と親和性が非常に高いという構造と、自分が傷つかずに主人公になりうる舞台装置の存在がある。[25]だが、そのとき女性たちの愛国の語りは、「敵」である他者を担保に構築されているのであり、他者の傷を無視しなければ物語を紡ぐことは到底不可能である。マイノリティとして「被害者」の傷をもつはずの「わたしたち」が、別の傷を無視してしまえるのは、なぜだろうか。

日本語の言説構造のなかには、自らの存在とも関わるはずの傷を見ずに済ますことのできる回路がある。この回路を論理的に説明づけるためには、近代における帝国の論理やナショナリズムの物語を歴史的に検証しつつ考察する必要があるだろう。無関心の回路は、近代の日本語が編みなしてきた言説の論理として日本語とそれを使用する人々の感性や思考のなかに織り込まれており、折々に個人のなかに回帰することもあれば、集団的、社会的なメンタリティとして作動する場合もある。歴史的な構造については、本書全体を通して確認していくが、ひとまずは現在にあって、社会的な無関心が、立場の異なる論者たちにひとしく問題視されていることは確かだろう。

たとえば、想田和弘は、「むしろ現代的なファシズムは、現代的な植民地支配のごとく、目に見えにくいし、実感しにくい。人々の無関心と「否認」の中、みんなに気づかれないうちに、低温火傷のごとくじわじわと静かに進行するものなのではないか」と指摘し[26]、先にも引用したブロガーのYOKOも、「無関心が愛国心や周りへの愛を阻害していたのだとわかり、申し訳ない気持ちでいっぱいです。だからこそ、今、必死なのです」と、かつての自分の無関心な態度について反省を表明している[27]。しかし、誰がどのように問題視し、非難しようとも、人々の無関心はなくならない。嘆かれる中心的な話題として存在し続ける「無関心」は、レベルの異なる議論を吸引するキーワードなのだ。

現在の愛国的メンタリティを支えている、無関心で無気力で、特定の思想傾向をもたない中間大衆層の雰囲気は、ネット空間に仲立ちされ、全体化する同調圧力のなかで、愛国の背理に呑み込まれようとしているといえよう。愛国の背理は、他者を記号化し、敵という記号としてしかまなざさない。身体性をもった生身の存在として、コミュニケーション可能な具体的な相手として対する視点を欠いている。だから韓国も中国も、マスコミや教師、研究者、学者、知識人などもすべて敵であり、全く信用できないということになる。

だが、気にかかるのは、それが左派の側の言説や視点にも等しく共通しているということである。たとえば、人種差別主義者は不安定な下層階級の人々であるという、一見したところ説得力をもっているかにみえる観点は、わかりやすくはあるが、レイシストという敵を固定化し、記号化し、偏見によって一元化するかたちで機能してきた[28]。荻上チキは、保守運動とフェミニズム運動の対立において、お互いにレッテル貼りをしあう「あわせ鏡のような構図」があったと指摘しているが[29]、それは左派と右派が対立する現状についても同様で、いったん「敵」として他者化した相手との間にコミュニケーションの回路を取り持とうとしない姿勢は、左派と右派の共通心理であるといえるだろう。

つまり、敵として記号化された他者への無関心がそこにはあり、無関心を前提として、知ろうとも思わないその他者に対して、狂熱的なまでの攻撃性が発揮されるのだ。だとすれば、共有された無関心の論理において、敵と味方、加害者と被害者、左翼と右翼といった二元構図はそもそも無効なのにもかかわらず、二元化された世界認識を成り立たせてしまっているフィクションがあるということになる。

「無関心」をキーワードとしてそれを嘆いてみせる言説のふるまいは、ときとして、言語のなかに構造として組み込まれた無関心の論理を非可視化していく効果をもつ場合があることに、細心の注意を向ける必要があるだろう。

5　仮想現実を語る「私」

こうした現実を背景に、不可視の論理を目に見える形に変換しうるフィクションとしての小説の言語は、重要な使命をもつといわなければならない。現代小説は、現在の圧迫感ある状況を、リアルな現代社会と地続きな仮想現実という形式で描くことで、ファシズムの雰囲気、同調圧力の強まった世界の感触を可視化しようとする倫理を共有しているように見受けられる。

日常に被さる息苦しさに異和を表明し、すぐれた批評性を発揮する二つの小説テクストをとりあげ、愛国をめぐる物語的な論理と対峙してみたい。はじめに検討するのは、吉村萬壱《まんいち》の『ボラード病』（二〇一四年）である。[30] 作中、海塚《うみづか》市に住む小学校五年生の「私」（恭子）が語る日常は、他者の目線を媒介にした禁止事項にあふれている。日常的に体調を崩している生徒が多く、子どもたちは次々に死んでいく。東日本大震災の被災地のイメージが重なる舞台には、日本の近未来を思わせる時間が流れている。


「恭子、どういうつもりなの？」と母が言いました。

「何が？」

「何がじゃないよ馬鹿！」と母は私の側頭部を平手で叩きました。私は即座に貝になりました。何か母の気に入らないことをしたようでしたが、それが何だったのか私には分かりませんでした。〔…〕短い夕食の時間も、母は一言も喋ってくれませんでした。夕食はカップ焼きソバでした。私は食べながら色々なことを想像し、恐ろしくなって何度か鼻を啜り上げました。食べ終わってカップの後片付けを済ませ、椅子に腰掛けて俯いていると、身支度を済ませた母が堪りかねて口を開きました。

「チヒロちゃんの口ばかり見て！」

私は、何だそんなことかと、忽ち拍子抜けしました。

「御免なさい」

「ジロジロと、舐め回すように見て！」

「私」が語る時間はいつでも、誰かに見られているような、はりつめた緊迫感に支配されている。問題は、どうやら、視線がとらえたものをどのように表象するのかという点にかかっており、引用した場面では、おそらく畸形である赤ん坊の歪んだ口を凝視していたことが咎められている。同じく監視する視線におびえる母は、「私」にいつも「してはいけないこと」を教えようとするが、「私」には、していいことといけないことの境界線がわからない。人の顔や生き物を見えたとおりに描くこと、語ることはタブーである。語りの余白には、海塚市の生き物が放射能汚染によって醜く歪んだ姿を共有していることが仄めかされるが、市民にはそれらを美しいものとして見ること、語ることが強要されている。

海塚市民にとって最も大切なのは「結び合い」で、「海塚讃歌」を一緒に歌って心を一つにしなければならないのだが、「私」は常に少しはみ出し、うまく同調できない。「私」は、自分の状態が「病気」であって、病気は犯罪なのだという認識に至るが、最終章で、この手記は三〇代になった「私」が隔離された島で治癒証明を得るために執筆したものだと明らかになる。

同調圧力に満ちた全体主義が到来した世界の構造を、視線と表象という位相からつかみとり、それを小説言語のもつ視点、視線、語りという技術的審級とかけあわせて具体化し、異和の感触を生成していくこのテクストは、圧倒的な熱量をはらみもつ。卓越した批評性が宿っていることに疑いはない(31)。だが、この小説を愛国言説の定型と併せて検証するなら、語り手のジェンダー、病の表象、女性身体が性的に有標化される差別のコード、という三つの側面から、批判的な考察をしなければならないだろう。

　幼い故に限定された少女の目線から、グロテスクな世界の暴力が告発され、少女の疑問や反抗心、恐怖に読者の身体が深々とシンクロしていく構成は秀逸である。しかし、それが少女の語り、女性の語りである点を原理的に考えてみるなら、少年の語りではなく、少女の語りであることが、テクストとしての強度を支えている点に注意すべきであろう[32]。つまり、犠牲者や被害者の物語を語る声が、女性の声であることによって正当性が生まれるという言説論理が引かれているのである。すなわちそれは、愛国言説の正当性を補強する、あやうい構造にほかならない。

　また、タイトルにも現われる「病」は、両義性を持った記号である。ボラードとは繋船柱の意であるが、作中では「何があろうと倒れない」ものと強調され、「ボラード病」とは第一義的に、頑固に動かず、自分に見えているものを「美しく健康な安全な世界」とは思えない状態、すなわち海塚市に同調できないことを意味している。病気、ひいては犯罪だと認定された「私」は、海塚市によってこの世界から排除され、隔離されたのだった。

　しかしそこから先の海塚は、極めて異常でした。全ての抵抗を断念して、そして全てを諦めて、この町だけは何もなかったことにしようと町ぐるみで画策するなんて、どう考えても狂気じみています。〔…〕
　しかし私は、たとえ世界中の人々が何も無かったと主張しても、自分の目が見ている世界しか信じられません。病気は治っていません。しかし本当に病気なのはあなた方のほうです。せいぜいそうやって、どこまでも仮想現実を生きていけばいいんだ。〔…〕もうこんな体、見たくもないのです。そこの隅っこの便器のパイプに映るんです。見たくないのに、見てしまうんですよ。こんな顔でも、あなた方には美人に見えているんでしょう？だったら抱いてみろよ臆病者。

「私」は、「本当に病気なのはあなた方のほうです」と、自分を隔離した者たちの側に病という記号をずらして宛てる。「私」の語りが世界の標準軸を移し替え、読者にそれを伝えて共振させるというわけだ。だが、病はそもそも、近代の言説体系のなかでひたすら女性ジェンダー化され続けてきた記号であった。女性身体は月経のイメージを媒介に、病んだ身体として本質化されてきた。『ボラード病』の本文を見渡してみると、「私」の初潮や月経をめぐる記述が意味ありげに配置されており、テクスト上で、病は明らかに女性身体とイメージの上で交合させられている。つまり、女性、血、病を連接させ、女性身体を差別化する表象の構造が、犠牲者である「私」の語りのなかに再現前しているのである。

さらにいえば、先の引用部の末尾の一文に象徴的に現われているように、性的対象化される女性の美を前提に、美を欠損した女である「私」が、男性化された「あなた方」に語るというジェンダー構図がここにはある。美を欠いた身体を憐れみと興味によってまなざす男性化された視線が、結末部を印象的に染め上げるが、むろんこの視線は、女性身体を美の規範によって囲い込み、他者化するジェンダーの差別を強化せずにはいないだろう。女は、美しい商品でなければ価値がない、というわけだ。

『ボラード病』は、女性ジェンダーを差別する社会構造を前提に、差別の二項対立を温存させ、その上で犠牲者の抵抗の物語を語るという形式をもつ。つまりこの小説は、女性の愛国言説と同型の論理をなぞりながら、愛国の背理に同調してしまうのだ。

『ボラード病』の「私」が批判する圧力は、物語を定型に閉じ込める力にほかならない。なぜなら、誰もがあたりまえだと感じる基盤は、定型によって強化され、保存されるものだからだ。そしてあたりまえの前提を強制するのもまた、定型のもつ効果である。それなのに、このテクストは言説の不可視のレベルで女性の愛国言説から力を借り、そして力を与え返し、定型の力を指弾しながら定型に回帰している。したがって、結果的には、批判する当のものに奉仕する論理が構築され続けることになってしまう。

6　他者の傷がもつ温度

他方で、村田沙耶香『殺人出産』(二〇一四年)は、愛国言説の論理を失調させる、極めて高い批評性を含んだ小説である(33)。小説の舞台となるのは、人工授精による出産が一般化した日本であり、恋愛や結婚とは別に、命を生み出す合理的制度として「殺人出産システム」が導入されている。一〇人産んだら一人殺してもいいという制度の根底には、命を奪うものが命を作る役目を担うという発想がある。人工子宮によって男性にも妊娠の可能性は開かれているので、誰もが殺人出産を希望することができるが、それを選択した者は「産み人」として崇められ、産み人は殺したい人間を「死に人」に指名する。「私」の姉は、幼い頃から強い殺人衝動をもち、合法的に殺人を行なうため、「産み人」になることを選択したのだった。

『殺人出産』が描く仮想現実も、『ボラード病』同様に、全体主義的な空気に覆われている。「私」には制度への複雑な疑念があるが、口に出すことは憚られる。一方で、殺人出産制度への反対活動をする早紀子という女性は、産み人を「犠牲者」「被害者」とみなし、「私」の姉を救おうと「私」に接触してくる。早紀子の意図を超え、一〇人の出産を終えた「私」の姉は、意外にも「死に人」に早紀子を選択したのだった。姉は「私」に、殺人の付き添いを依頼する。姉と「私」が二人で早紀子の身体を傷つける場面は次のように叙述される。

早紀子はまだ温かかった。今、早紀子が生きているのか死んでいるのか、私にはわからなかった。この手の中に、その瞬間があるということだけは確かだった。

夢中になって手を動かし、気が付くと、早紀子の体温が少し下がっているように感じた。指が歓喜に震えた。部屋の中は、早紀子から押し流されてくる命の流れる力に満ちていた。

なんて正しい世界の中に私たちは生きているのだろう。

「私」は、早紀子の身体を通して生そのものに触れている。そしてこのとき、「私」はようやく

「正しい世界」にたどりついたと実感する。そもそも「私」は、自分を抑圧する誰かに対して「殺人」という選択肢をとりうるということは、被害者であった自分が加害者に転じることだと考えていた。また、一〇人産み終えた姉が、「私」を殺すかもしれないと、自分がシステムの被害者になる可能性を想定し、ひそかに恐れてもいた。つまり、被害者にも加害者にもなりえた「私」が、殺人を行なうという行為によって、早紀子に対する加害者のポジションをとったのである。

早紀子ははじめ、被害者である「私」の姉を救いたいという意思から「私」に近づいてきたわけだが、その関係もまた反転している。つまりテクストには、被害者であることと加害者であることの両義的な可能性、複数性や重層性が書き込まれている。

殺人の現場で、早紀子が恋人との性行為によって妊娠していたことがわかる。性行為による妊娠は、殺人出産制度を採る世界の秩序においては逸脱的な行為であり、つまり早紀子の身体は、性をめぐる国家システムに叛逆をくわだてていたのだった。

「二人、殺したことになってしまったわね」

私は真っ赤にそまった手でそっと胎児を撫でた。胎児は早紀子の血液に甘えるように、手の上を転がった。私は胎児の小さな手をつつきながら、早紀子から飛び散った血の味がする唇を開いた。

「……私、『産み人』になるわ」

「え？」

姉が弾かれたように顔をあげた。

「この子の死を私に引き受けさせて。この命の分、私、これから命を産みつづけるわ」

たとえ100年後、この光景が狂気と見なされるとしても、私はこの一瞬の正常な世界の一部になりたい。私は右手の上で転がる胎児を見つめながら、自分の下腹を撫でていた。

姉は慌てて私の白衣を摑み、必死に首を横に振った。

「胎児は殺人にはあたらないわよ。それに黙っていれば、誰にもわからないわ」

「いいえ。そうしたいの。もう決めたの」

そっと握りしめると、胎児は手の中で静かに壊れていった。


胎児の殺害という偶発性は、「私」ひとりの倫理において引き受けられようとしている。「黙っていれば、誰にもわからない」という選択を避け、「私」は産み人になることを選ぶのだ。「私」のいう「この一瞬の正常な世界」は、早紀子の身体と触れあった「私」ひとりが逢着した場所なのであり、国家システムが用意した場所とは異なっている。

『殺人出産』の仮想現実においては、性差を問わず、産んで殺す身体が社会の理想化された身体となっている。だが、胎児を殺してから産み人になるという因果関係の逆転を企てた「私」の身体は、(34)強制された世界の秩序を狂わせる、一瞬の契機を立ち現わさずにはいないだろう。「私」は国家の殺人出産制度にも、それに反対する早紀子の主張にも同調せず、最終的に殺人出産制度のそもそもの論理とは異なるレベルで、性交渉による妊娠という社会からの逸脱行為を選んだ早紀子の意思に応答するのである。

加害者と被害者、被害者と真の被害者、それを下支えするジェンダー秩序や、社会的序列に基づく二元構造を無効にした場所で、「私」は「私」ではない身体に向き合っている。ここにあるのは、「わたし」が「あなた」と個別的に出会う、その瞬間である。小説の言葉は、記号化された他者を個別的な「あなた」として読者の前に現わすことができる言語である。定型に縛られざるをえない物語は不自由だが、小説は、そして小説を読むことは、「わたしたち」ではない「わたし」として、「あなた」という他者に気づくための感性を紡ぎ出す。

この最終場面に示された「あなた」と「わたし」の接触は、現実に差し戻され、ヘイトスピーチ被害の当事者として、反ヘイトスピーチ裁判を起こしている在日コリアンの女性ライター、李信恵《リシネ》の表現に呼応するものとして読まれるべきだ。


「愛」という言葉の反対語は「無関心」という。在特会やヘイトスピーチが生まれ幅広い支持を広げた背景・土壌には、彼らの活動を目にしても、「あんなものは放っとけばなくなる」、「差別問題は面倒くさい、関わり合いになりたくない」と目をふせてきた多くの人々の無関心、無責任があったのではないだろうか。

ネット上でも「そんなものは無視すればいいのに」という声を今でも多く聞く。実際に私もそう思っていた。[35] 彼らの存在を自分の問題だと見なし、今こそ目をそらさない勇気をもつ必要があるのではないか。

（『#鶴橋安寧』）

「あなた」の問題を「わたし」の問題として受け容れ、「目をそらさない勇気をもつ」こと。言葉を読んだ誰かが、無関心を踏み越える姿勢に触れるとき、言葉がそのように読まれるそのたびごとに、言説の下層に息づく言葉の論理は、わずかに組み変えられるはずなのだ。

第二章　伏字のなかのヒロイン

1　政治的な禁止、性的な禁止

本章では、無意識を縛る愛国的無関心の論理を、検閲制度との関わりから考えていきたい。日本の検閲制度を振り返ってみたとき、占領期にGHQ／SCAP（連合軍総司令部）によって伏字という独特のシステムが禁止されたという出来事は、活字としての日本語が体験した最もドラスティックな変化だったと言っていいだろう。

伏字は、出版する側が、見えてしまったら法に触れる、禁止されるべき文字や文章を、自主的に○や×などの記号に置き換え、削除の痕跡ごと記号によって残し見せるという効果をもっていた。したがって、伏字で埋められた活字は「検閲にたいする屈服」であり「屈辱のしるし」でありながら、「絶対主義的検閲の下では、伏字は検閲への一つの抵抗としても機能することができた」[1]。

加えて、牧義之が指摘するように、満たされるべき記号である伏字は空白としての機能をもち、伏字自体が読解を促すしかけを備えていたといえる。伏字には読者が介入する余地があり、「その

記号自体が読者に対して違和感を持たせ、文字を埋めるための欲求を喚起させるという機能」があったのだった。(2)

それに対して、GHQによる検閲では、伏字の使用は許可されず、あたかも言論の自由が与えられ、検閲など行なわれていないかのような錯覚をもたらす「スマートでかつ残酷」な方法が採られたのだった。(3) 山本武利が明らかにしたように、GHQは、検閲行動それ自体を極秘のものとして一般人の目から隠し、「ブラックボックス」化した。秘密機関としてのCCD（民間検閲局）の活動は全占領期間を通して非公然で、一般メディアに登場することは許されなかったという。(4)

日高昭二は、「占領」の問題で最も見えにくいことは「支配と非支配のあいだを媒介する存在、あるいはそれを内部から支える微妙な力のありよう」だといい、「文学空間」をめぐる考察を通して「支配／非支配という構造以上に複雑で錯綜的な場」のあったことを論じている。(5) 可視のシステムであった伏字から、不可視の検閲制度へと転換されるなかで、権力による媒介は見えにくくなり、(6) 現在では、伏字的風景それ自体が、過去の時空のなかに結びおかれることとなった。

だが、伏字を、完全に過去の遺制だと言い切ることはできない。表現の禁止と自己検閲という出来事性からは離れたかたちで、商品名や企業名など固有名詞の一部をあえて伏せるという表記の仕方は、いまでもよく目にする伏字表現である。たとえば、横田創の小説『トンちゃんをお願い』（二〇一一年）のなかには、「新宿の伊○丹」「近所のセ○ンイレブン」「高田馬場のド○ールの二階の喫煙席で」といった伏字表現が散見されるが、読者はそこに伏せられた「勢」「ブ」「ト」を代入し、固有名詞を復元しながら読むことができる。(7)

また、二〇一四年には、愛知県警が愛知県立美術館で写真家の鷹野隆大の作品に男性器が写っていることを問題視し、結果、作品の一部が半透明の紙で覆われるといった、明治期の裸体画論争を彷彿させる出来事があった(8)。これはまさに、国家権力によって表現が規制された例であるが、見せることを禁止された部分を伏せて隠し、隠していることを含めて見せるというやり方は、禁止の力がかかったことを含めて可視化する伏字的手法にほかならない。

伏せられている当のものは何か、見ている側、読んでいる側にははっきりわかっている。だが、直接的には見えないように隠し、隠されるべき理由を共有しながら禁止のかかったその対象を眺める。このように、伏字的な光景は、いまも日本的文化風土に息づいているのだ。

ところで、一九二〇年代の『改造』を中心においた議論のなかで、紅野謙介は、制度としての検閲の、「その対象も理由もときとして曖昧なまま、処分が下された」可能性について述べている。発売や頒布の禁止を避けるためにあらかじめ許可をとりつけようとして慣例化した「内閲」という手段があったものの、許可されたはずのものが処分を受ける場合もあった。つまり、検閲制度においては「二重基準、運用上の分裂・矛盾」があり、「法律は曖昧なまま、その運用で実質化」がはかられたということだ(9)。何を伏字にすればいいのか曖昧だが、禁止されそうなものを推測して隠すという作業には、明確な基準があったわけではなく、伏字の検閲制度は、不透明で錯綜した装置として機能していたのである。

不透明で曖昧さをもった検閲システムは、表現することが禁止を受けるかもしれないという仮定に基づく排除の力として言説空間の全域に行きわたり(10)、現在でも、息苦しい自己検閲的な圧迫感を生成しているといえよう。だからこそ、国家による制度として実際に行使された検閲的権力は比喩的に拡張されていく。検閲の表象イメージのなかには、政治的正しさを原理的に主張する左翼的な検閲のイメージ[11]、フェミニストによる性差別表現の検閲といったテーマが吸引され[12]、検閲は、さらに曖昧になる。検閲を行使するのが、国家に連なる権力だけではなく、政治的な正しさを主張するマイノリティでもありうるといった事態は、検閲のイメージを拡散させ、わかりにくくさせる。昨今のヘイト言説をめぐる議論のなかで示されているように[13]、「表現の自由」対「検閲」という二元構図ではとらえられない複雑な力の構造があるのだ。

曖昧さを発揮する検閲の力を考察するために、伏字という記号がもつ効果に注目してみたい。伏字のイメージがもつ一方の極は、政治的な禁止である。かつて大日本帝国においては、革命を語ることは非合法であり、したがって、社会主義、共産主義、無政府主義につながる語句は、活字として伏せられてきた。だが読者は、文脈と伏字の数から語句を推定することもでき、内容を復元的に想像することができた[14]。伏字の使用について、「著者と読者との間に暗黙の了解が成立していた」ためである[15]。

そしてもう一方の極は、性的なイメージである。伏字をめぐるイメージは、猥褻なものそれ自体を代理する。

×××は、われわれの想像力をヒリヒリさせる。ことばそのものではない。×××によって隠蔽された空漠がかゆみの原因である。〔…〕×印がなければ、なんでもないものを、たった一カ所の×印を作ることによって全体がいかにも意味ありげな調子を帯びてくる。淫猥なのは、×印によって伏せられた文字ではなく、×印そのものなのである。[16]
（『伏字文学事典』）

ヌード写真を例に考えれば、芸術にしてもポルノにしても、つねに見る主体、撮影者、鑑賞者が男、見られる被写体が女だという図式の上に成り立ってきたのだから、[17]この記述のなかで、暗に、伏字を見る「われわれ」は男性ジェンダー化され、「×印」が女性ジェンダー化されていることは明らかだろう。女性身体には性的なイメージが被せられ、それ自体に猥褻な意味合いを不当に添加されてきた。[18]こうした近代の表象の構造を背景に考えてみれば、伏字が、実は女性ジェンダー化された記号であるという命題は、近代的な論理の当然の帰結にほかなるまい。そもそも、近代的なポルノグラフィーの表象は禁止のディスクールによって構成され、ポルノグラフィックな幻想は「慎み」や「恥じらい」によって秘密にされるべき「私的なるもの」を侵害するという物語形式をもっていたのであり、[19]伏字のもつ性的なイメージは、ポルノグラフィーの表象と相同的なものだといえよう。[20]

権力への政治的な侵犯と性的侵犯とは革命的な物語を作り出す要素として重なり合っており、伏字をめぐる二つの極は、物語の論理を象徴的に表わしているのだが、そこには、ジェンダー化の力学がからまりあっているのだ。

空白を復元したいという欲望を引き起こす一方で、その空白に該当する内容を知っているという暗黙の了解は、あるはずのものを、ないものとして扱う感性を作り出す。こうした感性を生成する伏字のシステムこそ、現在の無関心を構成している論理の柱にほかならない。

伏字が死角を作っていることは、日本語使用者にとっての共通認識であり、伏字という記号は自ら、見えていても無視してよいというメッセージを発する。生まれるのは、伏字的死角の感性である。そこにあるはずなのに、見えなくされているという感覚の手がかりを、現在の世相と似通った一九三〇年代後半のメディア言説と、佐藤俊子（田村俊子）、林芙美子などの著わした小説の言語をかけあわせることから考えてみたい。

2 「日本主義」のファッショ化──『改造』と『中央公論』

まず、一九三〇年代後半の『改造』や『中央公論』といった主要雑誌のなかで、人種や民族をめぐる議論がどのように語られていたのかを、具体的に確認しておこう[21]。時代状況に照らせば明らかなことでもあるが、ナチス・ドイツの台頭と、満州事変の影響とが大きくかかわり、一九三七年の「北支事変（支那事変）」に向かうこの時期、ナショナリズムが高揚する様相を見て取るのはたやすい。一九三六年には、軍部の宣伝局が内務省の検閲業務に介入しはじめた。『中央公論』や『改造』には、とりわけ強い圧力がかけられ、「非伝統的な思想のあらゆる気配の背後に共産主義」を見る軍部は、内務省よりはるかに狂信的に、戦争遂行に対する全面的協力を強要したという[22]。だからこそ、誌面には伏字だらけの記事も散見される。

戦争という局面に向かおうとする日本の言論界にあっては、「日本人」の優越を唱えるナショナリズムが広く行きわたっていた。ただし、紙面を見渡してみると、ナショナリズムを声高に主張する傾きだけではなく、ナショナリズムの熱とそれに対抗しようとする論理とがせめぎあっていることがわかる。つまり、「日本民族」や「日本人」を礼賛する日本主義的なナショナリズムと、反対に、無産階級や植民地が搾取される状況を改善する方法を採ろうとするマルクス主義的な思考とが、対立しながら併存しているのである。

いはゆる「非常時」と共に「日本主義」とか「日本精神」とかが殆んど物凄くと言つた方がよい程一段と声高く叫ばれるやうになつたのは四年乃至五年程前からのことで誰でも知つて居ることである。それまではジヤーナリズムやアカデミズムでは「日本精神」とか「日本主義」とかは余り勢力や権威をもつて居なかつたのであるが、その頃から段々と「日本主義」や「日本精神」がジヤーナリズムやアカデミズムへもしみこんで行つた。ジヤーナリズムやアカデミズムが独立的なものでなく、又操を固く守るものでもないことがここからもわかる。

今更言ふまでもなくジヤーナリズムはもともと商品生産を本質として居るものである。未だいはゆる「非常時」にならないうちの数年間は「左翼もの」がジヤーナリズムで割合に優遇されて居て、「近頃の論壇はマルクス主義者によつて独占されて居る」といつたやうな、嫉妬と愚痴と悲鳴とを一緒にしたやうな叫びがカトリック的法学教授の口からだつてあげられた程であつた。けれどもそれは何もジヤーナリズムが「左翼思想」に共鳴して居たからではなくて、また当時は「大衆」の中にそれに対する要求があつて売れる見込があつたからに過ぎない。資本家階級に取つて有害なるもの必ずしも個々の資本家によつても排斥されるとは限らない。だからこそ又「左翼もの」がたとひかつて程ではないにしても、現在でも尚相当程度にジャーナリズムに受け容れられて居るのである。

（船山信一「現在に於ける日本主義理論の特質」『改造』一九三五年四月）

「日本」を合い言葉にしたナショナリズムを「誰れでも」が前提として共有する時代状況であることを告げ、「ジャーナリズムやアカデミズムが独立的なものでなく、又操を固く守るものでもない」という船山は、時代の論理がジャンルを超えて浸透する力の背後に、商業主義と「大衆」の存在があることを示唆している。その上で、「マルクス主義」すなわち「左翼もの」と、「日本主義」「日本精神」に象徴されるナショナリズとが、二つの方向性を示した言説商品として配置されていることを指摘し、両者が併存する言説構図を整理しているのである。

つまり、「大衆」が「要求」し、「勢力や権威」をもつことになった価値ある商品とみなされるからこそ、論理的には相容れないようにもみえる「日本主義」と「マルクス主義」がメディアの言説空間に並び立ち、両者ともに、存在感ある位置を占めていたというわけだ。「大衆」の「要求」によって作り出される価値や「勢力や権威」が、論理的に矛盾を含んだ言説の布置を生み出すという指摘は、言説の骨格を考察する上で有益だろう。なぜなら、言説空間のなかでは、もともと論理的に関わりがなかったはずのものが、近接する場所に置かれることで関係性を帯び、物語化されていくという事態が起こりうるからだ。視点を変えると、物語は対立する敵をその内側に住まわせることができる、ということになる。日本主義の物語にはマルクス主義のファクターが敵として内在し、逆にマルクス主義の物語には、日本主義のファクターが含みもたれるのである。

こうした構図は、一九三〇年代後半にかけて維持されていくのだが、「かくも無惨なマルクス主義の凋落」（河合栄治郎「教育者に寄するの言」『改造』一九三七年一月）[23]といったフレーズに象徴されるように、言論界では、階級社会を批判し、社会的平等を実現しようとするマルクス主義的な議論は縮小していき、次第に「日本主義」が時代の雰囲気を代表することになる。

この「日本精神」は、あらゆる場面に頻出しているが、抽象的な「日本」に具体的な手触りを加えるのが、「人種」や「民族」というファクターである。

> 近年に於ける日本精神の討究、開明、其の発揚、宣伝まことに心地よい限りである。学者、研究者の努力、精進に満幅の敬意と感謝を捧げる。その日本精神が唯に古のもの昔のであつてはなるまい。不幸にして左様であつたならば再び今に甦らせねばならぬ。民族の根本は言語でなく、体質でなく、慣習でなく、その血液である。民族の血液に日本精神が流れて居らねばならぬ。血液に流れて居れば、その行動に顕現せねばならぬ。
>
> （小泉丹「民族と性道徳」『中央公論』一九三五年二月）

「優生学」「民族衛生学」の観点から、優れた「日本民族」のなかの「劣等成員」を減少させなければならないといった差別的な主張がなされたこの評論において、流行する抽象語としての「日本精神」は、「民族の血液」によって具体性が与えられ、身体のイメージによってとらえられることになる。血液の比喩は、血液が身体を流れていくのが自然であるように、「民族」のなかに「日本精神」が流れているのは自然の道理であるといった本質主義的な連想を喚起するだろう。「人種」や「民族」の記号を散りばめ、ナショナリズムを語る文脈のなかでは、「日本民族」「日本精神」に対立するファクターとして「白人」が批判される構図も見て取れる。杉森孝次郎は、「白人帝国主義の理不尽なる支配主義に対する正しき怒り」を必然的なものだといい、「日本民族の将来の発達を条件」として、「理不尽なる白人優越主義」に打ち勝つことができると発言する（「日本民族に対する認識条件の不備」『改造』一九三六年一月）。加えて、「白人帝国主義」を乗りこえ、逆に「日本人」の優越性を誇張しようとする主張も存在している。

こんな一般的の話でなく、一々の具体的の点に就て考へて見ても、先づ日本人には眼の色の濃淡は淡い茶眼から黒に近い褐迄《ママ》あるが、其変化の範囲は西洋人よりも確に狭い。殊に碧眼の人は日本人には先づ無いだらう。眼の色の遺伝は人類のメンデル式遺伝の中で最も早く知られた例の一で此頃では初め考へられたのより大分複雑な点があると思はれるやうになつたが、大体はやはり此式の遺伝である事は間違ない。つまり日本人の中に劣性の単色或は無色因子がないのだ。〔…〕白人の色の薄いのは、云はゞ白児に近い畸形の状態が民族的の特徴となつた者と見てよい。（駒井卓「遺伝学から見た日本人」『改造』一九三五年一月）

「日本人」の人種的優越を誇張交じりに表象するこの記事のなかには、「白人」の「色の薄さ」を優越性ではなく、「畸形」という否定的かつ差別的なイメージにおいて語ることによって、白人中心主義的な世界の構図を批判し、白人と有色人種の序列を覆そうとする言説的な戦略が認められるのだが、それ以上に、「われわれ」以外の存在に対するあらわな攻撃的姿勢が確認できるといえよう。

もともと、近代のナショナリズムのステレオタイプは、オリエンタリズムによって下支えされている。西洋（オクシデント）が東洋（オリエント）を、他者として排除し、下位区分化する差別の様式がその基本をなしているのだが、日本の場合には、西洋に近い存在として自己を表象するための、日本型オリエンタリズムが論理として機能していた。[24]「日本主義」を掲げた言説は、日本型オリエンタリズムを下敷きとして、内側にむかって「劣等」の徴のついたマイノリティを排除するべく作動すると同時に、排外的な論理としても機能し、「白人帝国主義」を攻撃的なレトリックをつうじて批判するのである。

だが、他方では、主流言説に対する反論が、伏字に囲繞されながらも対抗的なコードを編成し、国家としての日本が、資本主義諸国の方法論を採って搾取を継続しているありようが批判されている。たとえば、マルクス経済学者の向坂逸郎は、次のように語る。

××が人口問題を解決する筈ださうだが、移民は…………××だけだ。実際に、満州や支那にどし〳〵行つたのは何かといふと、資本と商品である。従つて、資本と商品の所有者の手には利得が流れて来た。植民地や半植民地化が必要なのは、資本のために利潤や原料や市場や廉価な労働力等が確保されるからである。赤手空拳で満州や支那に行つても、内地と同じく貧乏する以外に方法はない。奪つたり奪れたりは…………である。相手を倒すか自分が倒れるかといふ競争によつてのみ存立し得る各国の資本の競争が、植民地を必要とし、国際間の対立と××の危険を作り出すのである。

（向坂逸郎「民族主義の現代的意義」『改造』一九三六年一月）

伏字混じりのこの記事を、読みながら完全に復元することはできないが、それにもかかわらず、引用部分の論旨は明快だろう。日本が「植民地や半植民地」としての「満州や支那」を必要としているのは、あくまでも「資本」のためであって、民衆のためではない。「移民」として満州や支那に移動しても、「内地と同じく貧乏する」ことになるばかりだ。こうした文脈において、「移民」問題とは、階級問題でもあることが意識されており、資本主義が帝国主義の論理と結びつき、植民地や労働階級が搾取される構図が、批判の対象としてはっきり示されている。

日本主義とマルクス主義のせめぎあう言説の布置を理解している読者にとって、伏字によって見えなくされている部分があっても、そこにある意味をおおまかに理解することはできる。見えない空白があってもそれとなくわかる、というこの感覚こそ、日本語の言説空間における伏字的感性、伏字的死角を共有する感覚にほかなるまい。

こののち、平林たい子が「ファシズムのバンドがいよ〱強く胸を締めつけるやうになつて来た」（「女性時評」『改造』一九三七年一月）と述べたり、戸坂潤が「日本ファッシズムの結局の発展」を背景に「いつしか非常時の声は準戦時体制の声となりやがて全くの戦時体制となつた」と整理するように、ナショナリズムを下敷きにした日本の「ファッショ化」が恐ろしいほどの速度で進行していくわけだが、それと同時に「無産政党の大進出」がみられもしたのだった（戸坂潤「一九三七年を送る日本」『改造』一九三七年一二月）[25]。マルクス主義的な抵抗の声を含んだファシズム、日本主義を内に含んだマルクス主義的な論理は、拮抗を孕んだ物語として増殖していくのである。

3　移民女性と「目に見えない懲罰」

こうしたメディア言説と比較してみたいのが、一九三六年にカナダから日本に帰国した佐藤俊子（田村俊子）による、移民をテーマとした小説テクストである。佐藤俊子は、複数の名で活動した作家で、田村俊子の名で活躍した一九一〇年代には、女性作家として他に並び立つ者はいないほどの華々しい存在だった。俊子は、夫の田村松魚との関係に倦み果て、一九一八年、恋人の鈴木悦を追ってバンクーバーに移住する。一九三六年にはカナダから帰国し、佐藤俊子の名で小説をいくつか発表するが、三八年の暮れには中国に渡る[26]。

『改造』や『中央公論』、『文藝春秋』などに発表された小説は、一九一〇年代の官能性、男女の相剋といったテーマで書く作家のイメージから一変して社会主義的な傾向を帯び[27]、人種や民族、階級の問題を社会におけるジェンダー構造と結びつけて物語化しようとしていた[28]。

『改造』に発表された『小さき歩み』三部作（一九三六年十月―一九三七年三月）や、『カリホルニア物語』（『中央公論』一九三八年七月）は、いずれも日系二世の女性を主人公に据えた小説であり、カナダやアメリカの白人社会に生きる彼女たちが抱える「白い人種ではない」という自意識や移民をめぐる差別という主題に、社会主義思想がかけあわされた点に特徴がある。

これらの小説は、人種をめぐる話題を通じて、ナショナリスティックな中心点を社会主義的正しさの側に移動させようとするマルクス主義的な言説と明らかに相似している。その設定や構造において、同時代の、伏字に取り囲まれた正義と響き合った定型そのままを描いているようにも見える。

ところが、佐藤俊子の『カリホルニア物語』をジェンダーの観点から再検討してみると、定型的な思考から脱するための二つの批評的契機を見いだすことができる。まず第一に、移民二世である女性の移動がヒロインの生き方として、当時の定型を鮮やかに踏み越えているという点が挙げられる。水田宗子は、林芙美子『放浪記』（一九三〇年）について、[29]十九世紀以降の教養小説のなかで、男性主人公の「放浪」は成長や自己形成を促す大きな要素であったのに対し、女性の放浪には性の放浪、放縦、転落といった否定的なイメージが伴われていたが、『放浪記』ははじめてそれを変転させることに成功したと指摘している。[30]実際、内地から外に向かって移動し、放浪する男性たちの成長や冒険を発見するのはたやすく、[31]同じように、移動によって女性が性的に堕落してしまうという典型的な話形を確認するのも難しくない。[32]その意味で、日系二世の女性の経済的自立をテーマとした『カリホルニア物語』は、『放浪記』と同様に、移動の物語にジェンダーの問題を介入させたテクストなのである。

移民と女性をめぐる一般的な物語の例として、石川達三『あめりか』（『改造』一九三六年八月）がある。石川達三は一九三五年、ブラジルに渡航するために集まった移民たちが船に乗るまでの八日間を描いた『蒼氓』で、第一回芥川賞を受賞している。[33]「一団の無知な移住民を描いてしかもそこに時代の影響を見せ、手法も堅実で、相当に力作であると思ふ」（菊池寛「話の屑籠」『文藝春秋』一九三五年九月）と評価を受けたその男性作家が、短篇『あめりか』のなかに描き出すのは、移動をめぐるジェンダー構図のステレオタイプにほかならない。

この『あめりか』は、日本に留学中のアメリカ日系二世の青年を中心に、この青年に恋情を抱いた二人の看護婦の心情を物語化した小説である。二人の看護婦、青木のぶと笠井ふき子は、あらかじめ、二世が日本人女性とは結婚できないという法律上の制約を告げられているものの、入院患者であった二世の青年・杉山に心を寄せる。

杉山は、離婚経験もある年上ののぶの「ひそやかなためらひ勝ち」の愛情より、「処女の羞恥」に裏打ちされたふき子の「率直な大胆さ」を好もしく思う。ふき子はたとえ数ヶ月間の幸せでも構わないと、アメリカに戻る予定の杉山となかば強引に同居し、恋に破れたのぶは、ひそかに一人でアメリカへ行く決意をする。のぶの想定するアメリカ行きは、現在の閉塞を破るための選択肢として思い描かれるが、女が一人でアメリカに行くことは杉山によって「娼婦に墜ちる事」に等しいと意味づけられるのだった。だが、ふき子と杉山の恋愛に対抗するように、のぶは「日本移民」のために「娼婦に墜ちよう」という決意を自分のものとしていく。

「もう分つたでせう。さう言ふ淋しい一万五千人の日本人達にせめて一夜の慰安でも与へる事が出来れば、私思ふの、女として、これ以上尊い、これ以上崇高な仕事つてあるかしら。ね、笠井さん、私、自分で卑しいと思はないわ。どこの奥さん達よりも立派だと思ふの、……一生の仕事として」

一生の仕事として無上のもの、神も国家も共に許して呉れる崇高な仕事だと思つた、この身が粉々に砕けるまでやり通さうと決心した。その昂奮は一体何であつたらうか。

「国策の犠牲」として「自ら求めて愛国の売笑婦」になるのだ、というこの決意を、ふき子は冷淡な気持ちで眺め、また杉山は「絶対に賛成出来ません」「大変な間違ひだと僕は思ふんです」と否定し、「日本の為の何の忠義にもならない」「卑しい事」と、思いとどまるよう説得する。ところが、のぶの決心は彼女自身に「幸福」「勝ち誇つた気持ち」をもたらし、彼女を「快活な開けつ放しな女」へと変容させる。そしてふき子もまた、「モダン」な女となってアメリカに行こうとする女の態度に影響されずにはいられない。ふき子は「ふと青木のぶの将来に輝く様な魅力を感じ始め」てしまう。杉山はのぶのふるまいに狂気の徴候を読み取り、語りもまた彼の認識に同調するが、テクストはふき子の「泣きたい様な気持ち」を告げて閉じる。

女性の移動をテーマとする短篇『あめりか』は、女の移動を彼女たちの「間違ひ」含みの堕落として印象づけ、物語的な彩りを上演する。この定型的な物語からは、女性の移動がつねに性的な意味づけを受けること、移動する意思に恋愛というファクターが重ねられること、移動によって階級的な下落が印象づけられることなどが明瞭に読み取られるだろう。

しかしながら佐藤俊子が『カリホルニア物語』に設定した二人の女性主人公は、そうした物語イメージを覆すための軌跡をそれぞれ現象させる。芸術の才能に恵まれた日系二世のルイは、母が娘に「日本のお嫁さん」として安定した結婚を望むのに反抗し、芸術家としての成功をつかみとろうとする。ルイは日本に留学し、自分の意思でアメリカに戻る。仕事を得るためにニューヨークへ行き、さらなる成功を目指してメキシコに行く。ルイの移動には、学びや成長が伴われ、恋愛や性的な意味は一切関わらない。

一方、ルイの幼なじみで、姉妹のように育ったナナは、受動的な性質を与えられ、「父の圧迫」に呪縛されて自分の意思を表明することができない。ナナには「恋を語り合ふ青年」がいたが、父の反対にあい、恋を諦める。恋人は日本に就職することが決まり、彼女は幾度か、父の禁止を振り切り恋人を追って日本に行こうとするのだが、「其れを断行する時になると、ナナはルイの介添の手を振りほどいて後退りした」。すなわちナナは、恋愛と結託した移動、性的なイメージを付与された移動を選択することのできない女性主人公である。一見したところ、定型的な双子型ストーリーであり、シンプルな二項対立に司られてはいるのだが、移動とジェンダーというテーマを掛け合わせると、定型を崩す力学が鮮やかに立ち現われる。ルイもナナも、それぞれ異なる方向に向けて、女の移動の物語を更新しているからである。

ルイの職業的成功とは対照的に、ナナの人生は不幸にまみれていく。親の借金のため「日本の古い封建主義」の犠牲となって、望まない結婚をするが、婚家では理不尽に虐待され、「暗い家」のなかに閉じ込められる。思いあまってルイのもとを訪れたナナは言う。「どんなに柔順にしても、あの人たちには足りないのです」。「私には何を悪いことをしたのか分らない。だのに私は毎日々々懲罰をされてゐる。目に見えない懲罰を。其れが何うしてなのだか自分にはちつとも分らない」。

逃げ出さないナナのことを、ルイは根本的に理解できない。「負けてはいけない」と励ますルイの言葉が、ナナにどのように伝わったのかもはっきりとは語られない。

ナナの不幸は加速する。懐妊したことが判明すると、姑が「結婚前の子ではないか」と、かつての恋人との性的関係を疑い、誹謗する噂が流れ出す。ナナは噂を否定し、アメリカ人の医師も結婚後に妊娠したと診断するが、姑の疑惑が消えることはない。ナナは「自分をクリアリイにしたい望み」だけを強く心に抱く。

ルイとナナは擦れ違いながら移動の物語を更新する。ルイは、「ナナは元に引返すことが出来る」と考え、二人で生活する空間を呈示する。しかしナナは、「自分は何所へ引つ返すのだらうか」と自問し、ルイの提案を受け容れることなく、別の途を選ぶのだった。

ナナがオリーブの樹の下で自殺した記事を、ルイはメキシコの旅の途中で、英字新聞で見た。この美しい日本人娘が服毒して自殺してゐたのを発見したのは通行人の白人であつた。娘は遺書を持つてゐた。小さい紙片れに鉛筆で書いたもので、「自分は女のモーラルを守つて死ぬ。」と云ふ短い英文であつた。この言葉は謎のやうで、日本人たちにも分らないのである。

斯う云ふ記事が加へてあつた。

この「謎」を含んだ「小さい紙切れ」こそが、小説の示す第二の批評的契機である。遺書は、いくつもの理解不能性を引き寄せている。「女のモーラル」は「日本的封建主義」にかかわるものであり、「白人」たちにその意味はわからない。また、英文で書かれた短文は、英語を解さない「日本人」には読むことができない。さらにいえば、二つの文化の間でナナが決断した「女のモーラルを守る」こと、「自分をクリアリイにする」ことは、ナナに最も近いはずのルイにも理解不能な言葉だった。

そこにあることはわかる。しかしその意味を知るためには、謎を解く必要がある。謎を解く努力をしなければ、そこにある、という事実しか確認できない。理解の届かない「この言葉」をテクストの末尾に残して、ナナはこの世界から消えていく。すなわち、「目に見えない懲罰」に耐えかねたナナが鉛筆で書きつけた文字は、伏字と類縁化させられているのだ。

4　消される文字、消える女たち

明治期の検閲制度を文学的な著作物や文学者のありようと関わらせて検証したジェイ・ルービンは、「日本の検閲制度の根拠をなしていたものは、財政面からの威嚇」であったとし、その理由について「事前検査よりも、印刷済み出版物の販売頒布の禁止を重視していた」点を挙げている。[34] 著者や編集者は、「検閲官の内面にある基準を想像しながら」発売頒布禁止を免れようとし、その行為において統制システムの一部に組み込まれていく。そこでは、「新規の参入者は排除」されやすい。[35] そうした側面から振り返ってみれば、対立や攻防のなかに、検閲のシステムを媒介にした、既得権益を共有する者たちの絆と連帯が仄見えもするだろう。[36]

統制と検閲を基軸としたこのホモソーシャルな文学共同体の絆を念頭におくならば、[37] そこにあるのに読めないという伏字の効果は、[38] ジェンダーをめぐる承認の問題として考察されるべきテーマにほかなるまい。『カリホルニア物語』と対照してみたいのは、同じく『改造』に発表された林芙美子の『市立女学校』(『改造』一九二六年二月)である。[39] 卒業式を目前にした女学校の時間が叙述されたこのテクストが展開する、伏字、書き落とされるもの、語られないもの、抹消されるもののリンケージは、『カリホルニア物語』のナナの遺書と共通する問題系を描いていると思われるからだ。

視点人物は卒業を控えた五年生の「垣島さわ」だが、その内面が詳細に描写されることはなく、語りは女学校という場で起きた出来事を淡々と読者に呈示していく。上の学校へ行くと言いふらしているものの、実際には卒業と同時に働き先を見つけなければならないさわは、いつも「生徒達の埒外」に置かれるような、反抗的でおそろしく孤独な少女である。「教室の空気からは何時も空気穴を抜けて逃げてゐるやうな状態」にいる彼女はしかし、「平凡な風姿」ではありながら「学校中に目立つてゐて、廊下を歩いてゐても色々な眼がさわを知つてゐた」。

あるとき、隣家に住む一年生の少女が、初潮をコレラに感染したと勘違いしてさわの教室を訪れる。

さわは自分のハンカチや、かづ子のハンカチをざぶざぶ水に濡らして丁寧に拭いてやつてゐたが、何時か怒りとも悲しみとも形容のつかない胸苦いものがこみあげて来て、低く声を立てゝ泣いてゐるかづ子の頰をぴしやりと殴りつけた。だが殴りつけたことに愕きながら、自分も本箱の硝子戸に顔を押しつけてさわは泣き始めた。二年間、無形な罰のやうに、月々不快なものに苦しめられて来た××へ云ひやうのない憎しみを感じてゐた。女だけなのだらうかと、さわは何故女だけなのだらうかと神のやうなものへ「何故なの」と尋づねる気持ちであつた。

政治的な主題も選ばれず、過剰に性的な表現も見受けられないが、この小説は語ることをめぐる忌避の力学を可視化するテクストである。月経や生理を思わせる叙述のなかに「××」という伏字が遠慮深く現われ、いくつか場面が展開したその後で、帰宅したさわは、半分事情を聞いたらしい弟に何故かづ子を殴ったのかと問われる。だが彼女は、「知らんよ！」と、そのエピソードを弟には語らない。さわが憤るその「無形の罰」とは、あることは知っているけれどないものとされる、「女だけ」に適用される記号の論理にほかなるまい。伏字の周囲に構成されるのは、語ることに加えられた目に見えない圧力である。

引用部に続く場面では、謝恩会の出し物の人選が行なわれ、黒板に「富有な娘達」の名が書きつけられている。さわが知らぬ顔をしていると、誰かが「垣島さんは？」と声を上げ、級長が「渋々最後にさわの名を書き添えた」。裕福な家に生まれついたこの級長は、さわが「私生児」であることを級友たちに告げ口するような女子生徒であり、彼女のさわへの個人的反感が示されたエピソードとして処理することもできる。だが、物語内容のレベルではなく、表象をめぐる約束事として考えるなら、この場面からは、「埒外」にありながら目立つこと、つまり、そこにいるはずなのに例外化されるさわの場所が、伏字のコードを象徴するものであることが見えてくるだろう。

さわは、黒板から名前が書き落とされるだけではなく、修学旅行に参加できないこと、あるいは、上級の学校を目指すグループに含まれながら、周囲から実は受験しないであろうと目されることによって、幾度も排除の力学にさらされる。むろん排除されているのはさわ一人ではないが、彼女が排除の力を被るとき、伏字的な効果が印象的に現われることに留意しておきたい。

受験希望者たちと国語の課外教授を受けるさわが取り組むのは『古事記』であり、「天皇木幡村に到りませる時にと云ふあたりが好きで、町で逢はれた美しい娘に与えられた歌を節をつけて暗誦するのが堂にいつてゐた」。だが、授業を受けに行くたびに「垣島さんは、本当に試験を受けるのですか」と、女性教師・米近から意地悪く穿鑿され、さわは仲間のなかから一人、資格を問われて疎外されてしまう。テクストは周到に記号としての天皇を配置し、この場面のほかにも、女学校の寄宿舎で火事があった折、御真影が焼けなかったことを読者に告げている。つまり、女学校の記号的中心が「天皇」にほかならないことを、小説の言葉は隠さず記述しているというわけだ。

卒業式の直前、卒業写真を撮影する場面では、女学校から五年生が卒業するだけではなく、抹殺された存在のあることが示される。

都井芳江がさわの肘をこづいて、「なア、郡田先生はどうしたんぢやろかねえ?」とさわに耳打ちしてきた。さわは愕いたやうに、「本当になア、どうしたんぢやろうか」と、仁科の横から前列へづつと眼をやつてみたが、郡田ゆい子の姿は見当らなかつた。さわの後にゐた河野春恵が、「米近先生も郡田先生も止めたんよ。郡田先生は中学の先生と逃げてしまうたんぢやと云ふて書記の後藤さんが教へてくれたぞな。」とつぶやいてゐる。さわも、芳江も息をとめて顔を見合はせた。教室の窓々からは鈴なりになつて、小さい生徒達が眺めてゐる。生徒達も教師達も、長い事陽に晒されて写真機の前に緊張してゐたが、軈《やが》て写真屋は気取つてシヤツタアを切ると、蛇腹の長い写真機を畳んで帰つて行つた。

生徒からの尊敬を集めていた郡田先生は、修学旅行で同僚に酒を飲まされ、生徒の前で男性教師に「しなだれかかつた」姿が目撃されたという「不仕末」によってすっかり評判を落とした上に、男と逃げた、という噂のなかで学校を去る。そして既婚者の米近先生もまた、妊娠が原因で校長ともめたのではないかという生徒たちの憶測と、「時々、生徒の乳をおさへると云ふ厭な風評」がたつ教頭に侮辱されて辞表を叩きつけたという事実の間を揺れながら、学校からいなくなる。性をめぐる徴をつけられた二人の女性教員が、公的な空間から締め出されていく様が、鈴なりになった小さな生徒たちの視界のなかに、いるはずなのにいない人、として書き留められる。この場面では、正当に承認されず、誤認される女性が資格を奪われて抹消されていく構造が一枚の写真を通してあらわになっている。

卒業する主人公は、消される女たちの側にいる。そこにいることの資格を剝奪され、排除の力学にさらされてきたことに加えて、さわと男性教師との間に、ゆるやかに惹かれあう感触が描かれ、間近く迫った性愛の空気が、彼女の身体を囲みはじめているからだ。

ところで小説の冒頭には、その男性教師が黒板に書きつけた試験問題を「一つ一つゆっくり消してゆきながら、そのあとへ、一、修学旅行、二、運動会、三、謝恩会、四、卒業式、五、社会、六、?　と大きな落書きをした」さわの行為が、「そこは結婚と書くんぢやないかの」と大きく笑った友人の応答とともに示されていた。

小説の冒頭部でさわが示した卒業後の終着点「?・」は、謎であって謎でなく、「結婚」という記号によって埋められながらも、消される女たちの行方によって、結婚からの逸脱が同時に想像される女たちの時間を意味しているだろう。

承認されず、抹消される女たちの、いるはずなのにいない、あるはずなのに存在しない、伏字的な場所。それはまた、かつて佐藤俊子がそうであったように、そしていまもなお制度化された評価様式のなかで仲間として認められることのない、例外化され、女性ジェンダー化されたマイノリティに与えられた場所を指し示してもいる(40)。

5　伏字の記憶

『カリホルニア物語』のナナも、『市立女学校』のさわも、伏字的な効果を吸引する主人公である。いずれも、存在するはずのものを無視してよしとする感性を批判的に問い返しているといえよう。彼女たちはそれぞれに、目に見えないものを、見えないという手触りとともに継続的に表示する。見えなくされた懲罰は、GHQ体制下の検閲制度のなかで、その痕跡をいったんは剝ぎ取られ、検閲という行為自体がはじめから存在しないかのような形式に置換されることになるが、それでも、日本語の文字の記憶のなかに伏字の感触は残存する。

「見えない」ことは、見ないで済む読者のポジションを積極的に許容する。わたしの場所からは見えないのだから仕方がない、というわけだ。日本語のなかにある差別＝物語の原理は、物語に内在する補充可能な空白によって、暴力的な理解の様式を育て続けてきたといってよい[41]。

小説の言葉は、語られながら不可視とされてしまうマイノリティ、語られていないのに定型によって理解されてしまうマイノリティの存在を、システムが要請するのとは異なる回路を編みなすことで拾い上げようと、その細部を膨張させる。『市立女学校』の最終場面では、白い運動着に着替えたさわが運動場に出て行き、「汚れて煮〆たやうな革のふつとぼをる」を「思いきり高く空へどおんと蹴りあげ」る。「弾んで青空からくるくる墜ちて来る奴を乳房の上へどしんと受けてはまたどおんと蹴りあげる。乳房で受ける、また蹴り上げる」。気の遠くなるような気持ちで身体をほてらせた「さわの蹴りあげる毬の音が、間断なく狭まい校舎の棟へ鈍い音をたて、響いてゐた」。ボールも彼女の身体も、他者が暴力的に当てはめようとする意味をかわし、遠ざける。

もう一度小説を冒頭から読み返してみると、その音は唐突に現われたのではないことがわかる。休み時間に、運動の時間に、女学校の生徒たちが蹴り合う「ふつとぼをる」の「どおんと響をたて弾」む音は、テクストの後景に幾度も書き込まれ、物語のなかでその音は、たしかに、何度も鳴っていた。最後にさわが蹴り上げる「毬の音」に重ねられるのは、女学生たちが交わし合った遊びと愉楽の時間であり、ボールがつなぐ絆であり、聴き取られ声として意味づけられることのなかった音の存在そのものにほかならない。音の感触に消される文字の痕跡をかけあわせ、誤認され排除され、抹消された他者の存在を受けとめようとすれば、音は、意志を携えた者たちの意味ある声として読み取られるはずなのだ。

ここで再度、マルクス主義者による伏字混じりの雑誌記事、『カリホルニア物語』の遺書、『市立女学校』の女性登場人物たちのもつ効果を併せて考え、伏字の作り出す問題点について整理しておこう。

第一に、伏字は、見えない部分、読めない箇所があっても大体の意味はわかるという感覚を生む。その理解の感覚は、伏字に対応する文字を想定する技術、つまり見えない部分を埋める術をもっている「われわれ」のなかに、「暗黙の了解」と共感の枠組みを作り出すだろう(42)。

第二に、それにもかかわらず、記号としての伏字は、隠された謎なのだ。それは、そこにあるが物理的には読めないのだから。もしかするとわかっていると思うのは錯覚で、想定しているのとは異なる意味が示されているのかもしれないという余地が、伏字には常に残り続ける。

その謎めいた要素は、伏字が女性ジェンダー化される力学とともにあることによって強化される。自己から隔てられ、見知らぬ何かを漂わせる、謎めいた未知の他者、それは女という記号に被せられてきたジェンダー・イメージにほかならないからである。

そして第三に、伏字を含んだ文章を読もうとするとき、最終的に、伏字は無視されてしまうことを強調しておきたい。読めないがそこにある伏字は、意味を抽出して内容を把握しようとするその一瞬においては、存在しないものとして処理されざるをえない。伏字にこだわってしまっては、意味は限りなく遠ざかるから、暗黙のルールに従い、わかったこととして、伏字にはこだわらずに読む、という態度が必要とされる。すなわち、死角だということを暗黙の共通認識として分かちもち、伏字的死角によって他者としてのマイノリティを無視する感性が生成されるのである。

日本とその植民地にのみ見られた伏字という現象は、日本的な性格をもち、日本社会の構造や共同体の特徴を現わしているといえるだろう。[43] あるはずのものをないものとして扱いながら総合する、伏字が醸成する解釈の回路、他者がいることを知りながら、その存在を抹消し、関心をもたずにすませるというコード、これこそが、近代の日本語を呪縛する、無関心の構造なのだ。

第三章　叛逆の想像力

1　過去に出会う場所

二〇一〇年は、大逆事件、韓国併合という歴史的な事件から百年を迎えた年だった。この二つの出来事について、種々の領域で多角的な議論が試みられたのと同時に、ナショナルな記憶として大逆事件を引用する言説も数多く現われた。

本章では、大逆事件の記憶が現代の皇室表象とどのように接続しているのかという観点から、二〇一〇年に焦点をあわせ、日本語の言説を支配する定型について検討する。

大逆事件は、一九一〇年、幸徳秋水《こうとくしゅうすい》、管野須賀子《かんのすがこ》以下二六名が刑法第七三条「皇室ニ対スル罪」に問われ、大審院における特別秘密裁判によって二四名が「大逆罪」で死刑（うち一二名は宣告の翌日に無期懲役に減刑）、二名が有期刑に処せられた事件である。実際には、政府当局によって捏造された社会主義運動への大弾圧だったとして、すでに諸研究によってその事実関係が明らかにされているが、[1] このとき処刑を免れた大杉栄も含め、事件に連なる登場人物たちは、いまも国家権力に対する叛逆の主人公として種々の物語に登場し、現代の想像力を刺激する。

叛逆の物語の定型は、天皇への殺意という大逆罪のイメージに、フリーラブ、フリーセックスという性的逸脱の要素が被さり、政治的かつ性的な禁止を侵犯するスキャンダルとして形づくられている。

現在の言葉が過去の定型に出会うとき、その叛逆のステレオタイプはどのように変形しうるのだろうか。

2 『アナーキー・イン・ザ・JP』の差別

中森明夫『アナーキー・イン・ザ・JP』(二〇一〇年)は、大杉栄を現代によみがえらせた小説である[2]。物語は青春小説の枠組みをとり、アイドルのファンである平凡な男子高校生「シンジ」が、一七歳の誕生日にパンクロックに目覚め、彼の意識のなかに大杉栄の精神が宿るという設定をもつ。タイトルはセックス・ピストルズの曲名「アナーキー・イン・ザ・UK」を借りており、一人称の「オレ」として物語を語り進めるシンジは、大杉栄のアナーキズムをセックス・ピストルズのパンクの精神と結びつけ、過去と現在を縫合する。

シンジの頭の中に「間借り」した大杉栄は、現代を批評し、シンジに過去を語り聞かせ、ときにシンジは過去を現実のものとして体験する。現在と過去を往還する時間軸のなかで、アナーキストが体験した赤旗事件、大逆事件、日蔭茶屋事件、関東大震災時の虐殺などが語られていく。シンジの現実は、大杉栄の精神に触れることで変質する。パンクバンドのメンバーとしての活動、兄との対話、伊藤野枝《のえ》の精神が憑依した憧れのアイドル「りんこりん」との恋を通じて、大杉栄的な「恋と革命」が変奏されるというわけだ。

単行本の帯には「朝日新聞、読売新聞、東京新聞、ツイッターetc.で大反響」とあるが、実際にネット上でも好意的な反応が目立ち、文芸時評や書評などでも、おおむね意欲作として肯定的に評価された(3)。こうした反応は、この小説が読者の興味を引きつけながら歴史的出来事を語ることに成功したことの証左といえるだろう。だが、その物語の文法には、批判すべき点が散見されるといわざるをえない。定型を強化しながら、きわめて反動的なかたちで大逆事件のイメージを利用しているからである。

第一に指摘しておきたいのは、物語の展開にスキャンダルの力学が作用していることである。シンジは兄の一郎から大きな影響を受け、とりわけ知識や思想という点において多くを負っているのだが、その兄は、自身の恋愛スキャンダルをきっかけに、思想的変容を余儀なくされていた。

頭の中に浮かび上がる。兄貴と彼女のツーショットが。夜の路上のキスシーン。写真週刊誌の隠し撮り。「ワーキングプアの女神と自称フリーターの革命児の恋」の見出しが。
フリーターの革命児――たしかに兄貴はそう呼ばれていたよ。何年前のことだっけ。「三十一歳・フリーター・西一郎」として、兄貴の投稿論文が載ったんだ。『頓座』という雑誌だった。〔…〕題名は「もはや戦争しかない!」。

語り手が尊敬する兄の一郎は、雑誌『論座』に「「丸山眞男」をひっぱたきたい――31歳、フリーター。希望は、戦争。」を掲載して注目された赤木智弘をモデルとして造形され[4]、また、「ワーキングプアの女神」と呼ばれる女性活動家「天野カレン」は、明らかに雨宮処凛をモデルにしている。このように現実と地続きの次元を構成した上で、フィクションとして設けられたのが、その二人の間の恋愛スキャンダルである。このスキャンダル報道は同時に、西一郎が実際には有名大学の大学院を出た後に非常勤講師の職にあり、親は元キャリア官僚だという情報を暴き立て、彼を「フリーター」を詐称する「エリート御曹司」だと弾劾する。経歴詐称、体制側のスパイなどと罵られ、嫌気がさした西一郎は政治的にも思想的にも左から右へと転向し、物語の現在時では、自民党若手議員のブレーンもつとめる気鋭の若手評論家として注目を集めている。

さらに、シンジに大杉栄の霊が棲みついたのと同様に、シンジのアイドル「りんこりん」にもまた、伊藤野枝の精神が宿っていたという物語展開が用意されているのだが、「りんこりん」をめぐる現状は、スキャンダルによって彩られている。「あたしは桜色のファンシー・プリンセス」と歌うアイドルと運命的に出会うことになったとき、シンジは彼女が清純なアイドルとはいいがたい人格を持っていることを知り、動揺する。

> そんなバカな！　嘘だろ？　りんこりん。嘘だと言ってくれよ、オレのアイドル。りんこ星人じゃないのか。宇宙一清純な桜色ファンシー・プリンセスじゃなかったのかよ。〔…〕

「あたしの昔の写真とか、そんなのネットや写真週刊誌なんかに出まくってるでしょ？」そうだった。だから……。見ないようにしてた、オレは。いや、ホント。そういうの。ユーチューブやニコニコ動画に投稿されてる、彼女の昔の映像やなんか。ネットのひどい書き込みやなんか。〔…〕
一瞬の天使が消える。目の前の天使は、たちまち悪魔に顔を変えて、邪悪な笑いを笑ってたね。

現実のアイドル「ゆうこりん」（小倉優子）をモデルとして造形される「りんこりん」は、「宇宙一清純なファンシー・プリンセス」をキャラクターとして演じているにすぎない。小説は彼女を、「バカなアイドル」ではなく、「意志のない人形」を演じながら逆に、「気持ち悪いファン、汚ないオタク」を「心の底ではめちゃめちゃバカにし返」すという、パンクの精神を秘めた女性として描き出す。そしてその二面性が、芸能界ゴシップ、スキャンダルといった文脈でメディア上に情報化されているのである。

兄の女性関係がスキャンダルとして物語の背景を動かし、アイドルのスキャンダルが語り手の自覚された死角を構成する。すなわち、この小説においては、つねにスキャンダルが物語を動かすという定型のしくみが働いているのだ。

第二に、アイドルをスキャンダラスな文脈に巻き込む事実が、語り手によって「天使」と「悪魔」の比喩をとおして理解されていることに注意したい。女性を聖女と悪女の二律背反イメージで表象する構図は、第六章で詳述するとおり、近代の女性イメージをめぐる定型そのものなのだが、小説『アナーキー・イン・ザ・JP』には、差別的な紋切り型が頻出する。

たとえば、大杉栄の精神に連れられてシンジが過去の時空を体験するくだりでは、大杉栄の一人称が振り返る管野須賀子が、「淫蕩の血が流れ、年少の荒畑寒村をたぶらかし、幸徳秋水を妻から奪った魔女——と非難された。だが、処刑の直前、監獄へ面会に行ったオレと妻の保子の手を握り、涙を流していたのは——そう、まぎれもない聖女の姿だった」と、「魔女」と「聖女」という二元構造のもとで把握されている。また、大杉栄と恋愛関係にあった女性たちをシンジの視線がとらえる場面では、伊藤野枝は「愛嬌がある。豆ダヌキみたい。萌え系。癒し系」と、神近市子《かみちかいちこ》は「瞳が異様に輝いている。危うい。怖い。きっつい系。肉食系」と叙述され、対になる二人の女性が二元構図の対照を象徴させられている。

したがって「りんこりん」の二面性表象が、女の表の貌と裏の貌といった女性差別的な二律背反イメージをなぞったものであることは明白であり、彼女の人物造形に含まれる知的な側面も、むしろん物語の進行過程で、男性的な欲望によりそうようなふるまいをみせるだろう。作中で「りんこりん」は出会ったばかりのシンジに、女性を性的対象化するオタクやアイドルのファンを批判する発言をしてはいるのだが、自分を「ただ無内容なかわいいだけの存在」とみなす男たちの一人だったシンジを、否定するどころか受け入れ、性的にも精神的にも結ばれていく。このような露骨な物語展開が可能となるのは、男性化された欲望にとって都合の良い女性表象の定型が用いられているからにほかならない。

伊藤野枝は長澤まさみや小倉優子、神近市子は沢尻エリカ、さらに大杉の最初の妻、堀保子《やすこ》は上戸彩と、大逆事件の記憶に連なる女性たちは、現代の女性アイドルのイメージに重ねて表現されていく。叛逆の意志をもって行動した女たちを現代のアイドルに節合する表現様式は、この小説が、男性化された目線によって女性を商品化し、消費するコードを携えていることをあらわしているだろう。弟のなかに大杉栄の精神がよみがえったという事実を最終的に受け入れた兄は、弟に対してこう問いかける。

「えっ、管野須賀子と金子文子！　そりゃ、すごい。大逆罪で死んだ二人じゃないか。参ったね。〝大逆事件なう〟とか？　でさ、おい、どんな女だったよ？」〔…〕

「うん、ほら、〝エロかっこいい〟って言葉が前にはやったじゃん。そういうので言うと、あのさ、〝テロかっこいい〟、みたいな？」

「テロかっこいい！　管野須賀子と金子文子が……はは あ、なるほどねー。すごいキャッチフレーズだ。テロかっこいい――大逆系女子♡　ってわけかあ」

つまりすべては、「でさ、おい、どんな女だったよ？」という問いに集約されるのだ。管野須賀子と金子文子《ふみこ》を「大逆系女子」、「テロかっこいい」女として表象するテクストは、男たちの性的興味によって、過去から呼び出された女たちを他者化し、性的に色づけ、対象化して物語に配置するのだ。

3　脱色される政治性

小説のなかには、大杉栄が現代によみがえる、という設定それ自体を批評する兄のコメントが挿入される。「大杉栄の幽霊なんてな。クリシェ、紋切型、ありふれた発想」と断じる兄の一郎は、研究や芸術の領域における大杉栄の物語史を網羅的に整理してみせ、さらに、小説の末尾には、大量の参考文献が示される。そのようにしてテクストの布置は、クリシェや紋切型の束として物語史を総括した上で、この小説を紋切り型だと言って非難してくる批評も乗り越え、新しいステージを示そうとする意図をちらつかせる。

しかし、無防備に反復される差別的な女性表象を確認すれば判然とするように、紋切り型の図式は、乗り越えられるどころか、むしろこの小説を既存の物語に回収しようとする。

小説が発するのは、現代における「アナーキー」とは、右でも左でもなく、何でもありだ、というメッセージである。だからたとえば、大杉栄の目線を通して、小泉純一郎や石原慎太郎といった右翼政治家たちに「アナーキストの面構え」という評価やイメージが与えられ、「天皇陛下万歳」の声とパンク礼賛の声には置き換え可能な位置が与えられるばかりか、テクストの論理の上では「革命万歳」「無政府主義万歳」に等しいフレーズとして読まれることになる。作中、シンジが小泉純一郎をナイフで刺す妄想的イメージが挿入されはするものの、最終場面の、兄が画策した自民党のパーティ会場では、シンジたちのパンクバンドがステージに上がり、右も左もなく踊るすべての固有名は一様に溶け混じる。そして現在と過去の論壇人や政治家たちが「アナーキー」に渾然一体化し、自由な未来がイメージされていく。

右も左もないアナーキズム、それは規制を否定し、すべてを肯定しつくす自由であるかに一見みえるかもしれない。だが、物語の構造を支えているレベルに注意するなら、この小説の論理は、物語の規制に無自覚で、それゆえ物語の拘束力のなかにすべての感性を閉じ込める機能を果たしてさえいるだろう。

大逆事件とそれに連なる出来事が、スキャンダルの力学によって物語的に消費されたのと同じように、作中人物はスキャンダル、すなわち物語の定型化された枠組みを生きさせられていく。大杉栄というヒーローが相変わらず賞賛され、最も高いレベルを与えられているのと同時に、関わりを持った女たちは、女性表象をめぐる紋切り型によって性的に対象化される。さらに、大杉栄が見る現代の時空では、シンジの兄をはじめとして、柄谷行人、宮崎哲弥、福田和也、東浩紀といった批評家・評論家、男性の政治家たちの固有名がずらりと並ぶが、女性については、鶴見俊輔の陰に置かれて一瞬顔を見せる鶴見和子、兄の恋愛対象である天野カレン（雨宮処凛）が例外的で、あとは大杉栄と伊藤野枝の対関係を変奏する男女のカップルのなかに装飾的な記号として現われるばかりである。つまり現在の時空には、男性の恋愛対象となるか、補助的な記号となる場合をのぞき、活動や言論の主体となる女性の固有名は具体的に現われない。女たちには、女性ジェンダー化された他者の位置しか与えられず、女性の固有名はホモソーシャルな絆の外に排除されている。

加えて、この小説を支配するジェンダーの力学は、大逆事件をめぐる物語的な記憶それ自体を歪曲する。大杉栄と同時に甦った伊藤野枝について、小説は、恋愛するヒロインとしての姿だけを強調する。


「〈とうとうここまで追っかけてきたのか、野枝？〉」

「〈ええ、あなたの行くところなら、どこまでも……〉」

「〈だって……おまえ……二十一世紀だよ、ここは。ぼくらが死んでから、なんと、もう八十七年後だ〉」

「〈百年後だって……千年後だって……たとえ地獄の果てまでも、あなたの後をついていく。〔…〕それに、まさかここまでは……市子さんも保子さんも、追いかけてはこれない……〉」


伊藤野枝と大杉栄とが、「りんこりん」とシンジの身体を借りて会話するこの場面が意味しているのは、野枝の目的が大杉栄と再会することのみに集約されていることにとどまらない。アナーキストがかつて唱えた「フリーラブ」は、二人の純愛へと置換されているのだ。物語は、二人に身体を貸し与えた「りんこりん」とシンジの密度の濃い恋愛を予感させる形で閉じられる。

その結果、天皇制への叛逆の意思や物語はすっかり影を潜め、後景化していることに注意を払いたい。もともと、「フリーラブ」は、天皇制を中心とする家族国家観や性愛観への抵抗という意味合いをもっていた。しかし、アナーキズムを脱色したこのテクストでは、「天皇陛下万歳」の声が意味を欠いたものとして引用されたり、主人公の背後で兄が憲法改正について口走ったりする程度で、天皇制をめぐる意識は後景化される。大杉栄に連なる主人公は、その現在の時空において、純愛的な恋を演じはしても、政治的な議論や知的な活動はもっぱら兄にゆだね、政治的意識をもつことを放棄しているようにさえみえる。恋愛と対になっていたはずの革命や叛逆の物語は、過去のなかに忘却されていくのだ(5)。

引用された物語の原点にあったはずの、天皇制への叛逆というスキャンダルが不可視にされるという構図から見出されるのは、あるはずの要素が見えなくされることで定型が安定するという効果であり、語られない空白には、伏字的な風景が透けて見えている。空白にされ、死角になっているが、過去を引用している物語上の空白には、天皇制をめぐるドラマが必然的に召喚されずにはいない。

実のところ、この小説は、物語の空白に現代の天皇制、皇室をめぐるスキャンダラスなドラマを吸引することによって、物語の差別を変奏し、強化しているのだ。

4　「アンチ雅子」と「眞子様萌え」

二〇一〇年の段階で、皇室関係のスキャンダルとして誰もがすぐさま思い浮かべたのは、おそらく皇太子妃雅子をめぐるバッシングの諸相と、その延長にある愛子内親王をめぐる報道だったろう。現在でも状況はそう大きく変わらないが、メディア上には「雅子」という記号が、天皇制をめぐるスキャンダルの主人公として行きわたり、週刊誌や保守系の論者によるバッシングはいうまでもなく、ネットの空間には、雅子妃へのバッシング・サイトとして有名な「ドス子の事件簿」が存在していた。[6]

森暢平はその内容について「公務を欠席した同じ日に、雅子さまが私的なお楽しみ活動(ママ)した記録「同日シリーズ」、雅子さまが実家（小和田家）の人たちと頻繁に会っていることをまとめた「しょっちゅう会ってるシリーズ」などもあり、ここまで執拗に追跡する情熱に感心する」と紹介した上で、「そのほとんどが「アンチ雅子妃」の立場に立つ。事実上、雅子さまへの悪口サイトと言ってよい」と述べている。[7] このサイトには、性的な揶揄、侮蔑、悪意が行き交い、えげつないまでの表現が散見された。主人公の「雅子」という固有名は侮蔑的な呼び名「ドス子」へと呼び替えられ、負の要素にまみれたヒロインの位置に固定されていたのだった。

他方で、天皇制に反対する論者たちにとっても、論理は全く異なるものの、皇太子妃はやはり批判の対象として注視されてきた。たとえば桜井大子は論集『雅子の「反乱」』のなかで、「皇太子妃マサコ（雅子）はいま、それが意図的であるかどうかとは無関係に、天皇制「改革」のまっただ中にある」、「マサコの「改革」ならぬ「反乱」は、大衆天皇制への大きな転換点に象徴天皇制を立たせているのではないか」と述べている。[8] いわゆる「雅子のワガママ」が、より柔軟かつ狡猾なやり方で、日本社会に天皇制の権力構造を浸透させる役割を果たしているとして、批判の対象とされているのだ。いまもなおさまざまなレベルで、「雅子」という記号は、悪意や攻撃、非難を誘発する記号と化している。

さて、こうした状況が皇室スキャンダルをめぐる表の構図だとするなら、いわゆる「眞子様萌え」は、その裏面にはりついたスキャンダルだったといえるだろう。森暢平は皇室をめぐるメディア状況の隠されたもうひとつの軸としてこの現象に注目しており、「ネット上で眞子内親王が注目されたのは、学習院女子中等科に入学した〇四年ごろからだという。真新しいセーラー服に身を包んだ内親王が皇室番組で紹介されると、一部で人気が爆発し、内親王を模したイラストや動画が次々に投稿された。その中で一番ヒットしたのが、「ひれ伏せ平民どもっ！」で、ほかにも3Dを使い精巧に制作された作品など、ニコ動〔ニコニコ動画〕にはいくつもの傑作が置かれている」と述べ、その下敷きになっているのが「秋篠宮眞子様御画像保管庫」だと指摘する。[9] そのトップページには次のような文言が置かれている。

このサイトは、わが日本国のお姫様である眞子内親王の御写真やイラストを掲載しているサイトです。君が代は　千代に八千代に…我等が皇室美少女姉妹秋篠宮眞子内親王、佳子内親王のおふたりを愛で称えましょう。〔…〕

ネットで大人気「眞子様萌え」！　宮内庁は困惑気味？　Yahoo!ニュースに載りました。宮内庁の人によると、とりあえず静観の構えのようで「閉鎖しなさい」という反応でなくてよかったです。皆様と一緒にこれからも姫様たちを応援していきましょう。ニコニコから来た人たちはイラスト保管庫・マコリンペン画像掲示板で勉強しましょう[10]

このサイトについて森は「少女ポルノそのものというイラストまである」と述べているが、[11] 実際、ニコニコ動画などを媒介にしてみられるイラスト、動画などを集めたそこは、ロリコン的な欲望によって描かれた少女イメージが集積した場所となっている。眞子内親王は「マコリンペン」と呼ばれ、「わが日本国のお姫様」「我らが皇室美少女姉妹」を愛でたたえ「応援」するという名目で、少女を性的に商品化する表現がうずまいている。ネット上で注目された「マコリンペン」は、ロリコン的欲望を投影される記号と化していた。その延長に、これまでの皇室ファンとは層が異なるといわれる、現在の「皇族萌え」現象があるのだ(12)。

5　皇室スキャンダルの表と裏

こうした皇室をめぐる二つの現われこそ、先に見た『アナーキー・イン・ザ・ＪＰ』の伏字的死角を埋めるファクターにほかならない。社会的な位置はまったく異なるが、物語において与えられた位置からみれば、「マコリンペン」と「りんこりん」は親和した記号となる。いずれも、意思を持たないとみなしうる「少女」「プリンセス」の位置にあり、だからこそ意思を欠いた無の内面に男性的な欲望を一方的に投影することが可能となる。「少女」の記号は、家父長制時代の「女」という記号を代理し、表象する。

一方、「皇太子妃雅子」という記号には、その「わがまま」によって天皇制を破綻させようとする女でもあり、天皇制を代表する女でもある、といった背理が潜んでいる。安定した天皇制を揺るがす記号でもあり、逆に、たとえば天皇制反対論者が議論するように、逆説的に天皇制を安定させる記号でもあり、そのことによってバッシングを引き寄せずにはおかないのだ。かつて天皇制をめぐるスキャンダルの女性主人公が管野須賀子のような「暗殺する女」であったとすると、「雅子」という記号は、「暗殺する女」でもあり「暗殺される女」でもあるという両義性を示すだろう。その意味で、「雅子」という記号には、物語の記憶を媒介に、負の要素をまとった悪女としてのヒロインの系列が呼び込まれてくる。

小説『アナーキー・イン・ザ・JP』と皇室をめぐる二つのスキャンダルを並べてみると、女性嫌悪とロリコン的欲望が対になった、女をめぐる現代の二元構造が鮮明になる。意思を持った大人の女性にはそれを葬ろうとする圧力が加わり、内面を欠き人形のように扱いうる少女は、扱いやすい無の内面ゆえに賞賛される。

大逆事件の記憶を引用する『アナーキー・イン・ザ・JP』が上演するのは、まさしく、現代天皇制を背景にした物語の差別である。見えなくされた伏字的な風景を復元してみると、現代の皇室スキャンダル、そして男性的権力が少女を礼賛し、ヒロインとしての悪女を罰する、ジェンダー化された暴力が見えてくる。加えて、物語の表面には他者化された女性しか登場しない。男性のオタク的感性と論壇に表出するホモソーシャルな構造とを両輪とし、女性を他者化し、排除する様式をもったこの小説は、政治性を脱色する身ぶりにおいて、伏字的死角の回路を強化している。

伏字的死角によって安定する定型が常に探し求めているのが、負の輝きによって称揚されるヒロインである。だから現在、「愛子」という記号からは、ヒロインの負の系譜が透けて見える。たとえば、週刊誌のなかに引かれる、「暴れん坊の児童たちは、ある時、愛子さまの目の前で、母である雅子妃について『仮病の税金ドロボー！』と暴言を吐いたといいます。これに強いショックを受けられた愛子さまは『学校に行きたくない』とか、『もうやめたい』とたびたび口にされているのです。何より、雅子さまの姿が見えないと、愛子さまの表情が明らかに強張ってしまうと言います」という宮内庁関係者の談話、「学校でもプライベートでも、支えあうかのように寄り添う雅子さまと愛子さま」、「学習院初等科からの帰途。雨の中に佇む大小二つの傘は、ぴたりと寄り添いながらも、ひどく儚げに見えた。やまない雨はない、という言葉を信じたい」といった表現からは、(13)「愛子」という記号にヒロインの娘という物語的なポジションが与えられているのが読み取れる。氾濫する物語定型を食い破るためには、女性主人公が新しい場所を踏みしめる必要があるだろう。

6　瀬戸内寂聴と大逆事件

一方、瀬戸内寂聴の短篇『風景――面会』（二〇一〇年）は、強制される規範や物語の制度を変容させる小説テクストである。(14)

連作短篇の『風景』は、瀬戸内寂聴自身が責任編集する雑誌『the 寂聴』に掲載されているため、語り手の「わたし」は限りなく作家本人のイメージと近接し、現実の出来事を吸引しながら再構成したフィクションとなっている。

ホテルで待っていたら、約束の時間ぴったりに玄関に大谷恭子弁護士の姿が現われた。今日は珍しくロングドレスで別人のように優雅に見える。

何を着ても着こなしてしまう不思議な人だ。今日の女らしいスタイルを見れば、まさかこの人が、死刑になった永山則夫や、国際テロリストとして現在獄中に捕えられている重信房子の弁護士とは思いもよらないだろう。「ここよ」と、待っていたロビーの柱のかげから手を挙げると、大谷さんは歩を早めて近づいてきた。いつ逢っても、おや、前より若くなった、と思わせる不思議な人だ。

小説は、「わたし」が大谷恭子弁護士と待ち合わせる場面からはじまる。[15]私小説的な雰囲気を漂わせるこの短篇には、実在の人物、現実の出来事、歴史的事件や、瀬戸内寂聴が書いた伝記的小説などが複合的に引用されていく。「大谷さん」と「わたし」は、千葉景子法相が「処刑の場に立ちあった」死刑の問題から、[16]管野須賀子や金子文子といった歴史上の固有名、大逆事件の経緯、旧刑法七三条の条文などを語りはじめる。

現在時に大逆事件の記憶をつなぎあわせる会話は、「そうよ」「そうだったわね」と、互いの認識を確認しあう同意によって展開していき、知的情報を説明する機能を果たす。それは日常的な会話としてはやや不自然で、読者に風変わりな印象を与えているといってよい。その不自然なゆがみが、過去と読者を連接させるのだ。「管野須賀子や金子文子なんかを、あんなに委しく書いたのは寂聴さんだけじゃない?」という「大谷さん」の問いかけは、管野須賀子を主人公とした『遠い声』、古河力作《ふるかわりきさく》を書いた『いってまいりますさようなら』といった小説のタイトルを「わたし」から引き出し(17)、大逆事件をさまざまなかたちで小説に描いてきた瀬戸内寂聴のテクスト群を大きく引用するようにして小説の世界像が構成されていく。

ふたりの会話は、「大谷さん」が「ところで、重信さんのことといつ書いてくれるの？」と問いかけることによって途切れる。「わたし」は「これから、大逆事件の裁判の時、名弁論で被告たちに感動を与えた平出修弁護士のことを話そうと思っていたのに、咽喉がからからに干上がってしまって声が出なくなった」。「大谷恭子も現在までのような弁護を進んで引き受けていると、女平出修のように後世に名を残すのではないかと、わたしは言いたかったのだ」。だが、重信房子について書くという約束を果たせずにいる「わたし」は、言葉を呑み込んでしまう。

すなわちこの小説の主題は、大逆事件という歴史的事件と、重信房子という固有名をつないで物語現在を構成することにある。「わたし」はこれから、「重信さん」に面会に行くところなのである。

「重信さん」に会いに行く移動の間、「わたし」は「大谷さんとのつきあい」を振り返る。それは「一九八六年、一月二十四日に東京高等裁判所の法廷に、連合赤軍事件の永田洋子のために情状証人として出廷してほしいと、頼みにこられて以来」のことで、「わたし」は法廷で、「一月二十四日というその日が、明治四十三年大逆事件で幸徳秋水たち十一名が処刑された日に当っていたことに」気づく。

そうした記憶に触れ、「今年、大逆事件百年めに当るんですよ」、「偶然かもしれないけど、つい

四、五日前、新宮で講演会があって、大逆事件百年の話もしてきたし、大石誠之助のお墓参りもしてきたの」と「大谷さん」に話しかける「わたし」は、「偶然」を物語的な必然へと変換し、現在のなかに大逆事件を招き入れる。

この短篇のなかで、「わたし」は遂行された出来事に対して、価値判断を下さない。たとえば連合赤軍事件については、弁護人自身の抱いていた「実に厳しい批判」や、「当時親しくつきあっていた男」の「出家者が殺人を認めていいのか」といった罵りが、率直に書き記される。ただし問題にされるのは、永田洋子の場合には「耳の底にこびりついていた」「わたしがそこに出ることが彼女たちのプラスになるといった大谷さんの声」であり、また、重信房子については「あなたに書いてもらうことで、彼女に少しでも勇気と元気が出れば有り難いのよ」という「大谷さん」の言葉の方なのだ。

何ごとも肯定し、肯定しつくして関係をつなぐという力が、テクスト上には満ちている。それは、何ものも否定せず排除しないという力学にほかならない。重信房子の娘をめぐるエピソードからは、肯定する力が女性同士の関係を深めるありようが見て取れる。

> 大谷さんは重信さんがパレスチナ人との間に生んだメイさんの国籍を、メイさんの二十八歳の時、取得させた人でもあった。〔…〕多くは語らないが、あれは大変な仕事だったと、ちらとつぶやいたのをわたしは聞き逃してはいない。

聞き落とされてもおかしくないような声を決して「聞き逃し」はしない「わたし」のありようこそ、他者どうしの間をつなぐ力にほかならないことが読まれよう。実はかつて「わたし」は、「重信房子の赤ん坊、そちらで育ててくれませんか」と「若い男友だち」から頼まれ、相手を戸惑わせるほど「あっさり引き受けた」ことがあったのだった。「大谷さん」に連れられた「メイさん」に会ったとき、その話をすると、ぼんやりとは知っていたらしい「メイさん」は「ほのかに笑」い、「大谷さんは初耳だと目を丸くした」。「今からでもいいですよ。いつでもいらっしゃい。メイさんひとりぐらい養えますよ」と重ねられた「わたし」の台詞から、やわらかな笑いが派生する。

7　美の定型をずらす

肯定の力学は、女性の美をめぐる描写にも影響する。「わたし」の目線は、女性を性的な対象として定型化する男性的視線とは全く異なるやり方で、女性の美を拾い出していく。小説冒頭で「大谷さん」を「何を着ても着こなしてしまう不思議な人」、「いつ逢っても、おや、前より若くなった、と思わせる不思議な人」と表現しているのを皮切りに、「メイさん」については「身につけているもののセンスがよく、小さなアクセサリーまで一味ちがうものを選んで」いて「もう三十前になっているなど思えないほど若々しく美しかった」と褒め、「重信さん」は、「白髪も目立たず、顔はいつも化粧気がないが、本来際立った美人なので、今でも美貌は衰えていない」、「今年六十五歳だが、いつでもいきいきして艶がよく二十も若く感じられる」と表現される。

こうした描写は、女性をめぐる加齢差別や、女性を性的に商品化する性差別の構造を逆手にとったかたちで、女性が女性を肯定的に評価するときの定型的な表現であるといえるだろう。年齢を超越して見えるのは意志や目的を備えているからであり、着こなしやファッションが魅力的なのは本人が自分を表現する自己表象力をもっているからであり、そうした内面の奥行きが、外見の美しさとして現われているのを、「わたし」の目は「美人」と描き出しているのである。瀬戸内寂聴の小説には過剰なほど現われる表現ともいえるし、また、現在では女性が女性をまなざすときにもごく一般的なものとして見受けられる目線であるといえようが、男性化された目線を相対化できない書き手には使えない表現であることも事実である。

現代の女性の目線にとってはもはや定型的な枠組みであったとしても、ジェンダー化された社会の標準が男性の目線によって構成されているのであれば、登場する女性たちを「美人」と呼び肯定しつくす『風景――面会』の叙述は、女性を他者として有標化するのではない、独自の構図を作り出すものとして特筆されなければならないだろう(18)。

女たちは、そうした目線を共有しながらお互いの関係と距離を紡いでいる。象徴的なのは、わずか一〇分しか与えられない「重信さん」との面会時間を叙述する最終場面である。面会室に入って目にした「重信さん」は、「これまでになく、はっとするほどやつれが全身に滲み出て痛々しい。彼女は、癌の手術や治療を受ける病身でもあり、最高裁への上告が棄却されて二十年の刑が確定した状況におかれている。「重信さん」と「わたし」は壁に隔てられているが、「両掌をアクリル・プラスチックの壁に両側からぴたっとあて重ね合わ」せ、「接触」する。「わたし」は「抱きしめてあげたいと体が熱くなる」。

短い時間だからわたしはせめて何度も笑わせようとするが、今日は、重信さんの力のない様子に胸が切なくなって、いつものゆとりも本番の強さも消えてしまった。手紙の返事を書かなかったことをひたすら謝る。

「二十年といっても、すでに入った分もさしひいて、十二年か、十年ですって？　でもわたしも八十八でしょ、とてもそれまで生きていないわね。そしたら、今日、これでおしまい？」

わたしとしたことが、何ということを口走ってしまったのか。重信さんはかえって顔色を和らげ、

「墨染めの法衣がそんなに美しいものだったかと、見とれてしまいます。すがすがしくて、何て気持ちがいいんでしょう」

といってくれる。わたしが、「もし、これから行かされるところが和歌山刑務所なら、わたしは法師だから教戒師になって行けないかしら？」

と思いつきをいってしまう。

「あっ、そうだ。そうしていらして！　いらして！」

肥った若い女が意地悪そうな顔で、

「時間です」

と言い放った。合わせた四つの掌をパンパンと叩きあって、重信さんはいさぎよく背を見せ

た。廊下で振りかえって手を振って消えていった。

二十年という時間の重みを、笑いによってなごませ、やわらげようとしたつもりが、死や別離を強調するような物言いを重ねてしまい、口にした本人が「何ということを口走ってしまったのか」と思う言葉を、「重信さん」は法衣の美しさに重ねて「すがすがし」いものと受け止める。この場面には、そうした大胆な率直さとストレートな好奇心をもって数々の伝記的小説を書き続けてきた瀬戸内寂聴という「わたし」の姿勢と歴史的時間とが交錯せずにはいない。

ちなみに、この小説が掲載された『the 寂聴』では、沢木耕太郎との対談で、瀬戸内寂聴がこれまで自身の手がけてきた評伝について語り、管野須賀子や幸徳秋水、大杉栄、伊藤野枝や神近市子といった人物たちについて、さまざまに述懐している。そのなかには、神近市子に会った最後のときについて、「汽車から降りたら、そこにすっと立っていらした。八十を越えていたと思うけど、エキゾチックな容貌でハッとするほど美しいんです」、「向こうから「あら、瀬戸内さん」なんて声をかけてきてくれたの。だから私も挨拶しました。そこでふっと伊藤野枝の話が出た。私は「こんなことを神近さんに訊けるのも最後だな」と思ったから、「先生はやっぱり野枝がいやですか」と訊いたんです。そしたら「ああ、野枝ね。臭かったわよ」なんて言った。「色が黒くて垢じみて」と。」と紹介するエピソードがある。[19] 背景には、瀬戸内寂聴が伊藤野枝と大杉栄を中心に描いた伝記的小説『美は乱調にあり』と『階調は偽りなり』が呼び込まれてくるわけだが、[20] 瀬戸内が沢木に披露するエピソードは、訊きにくい問いをあえてぶつけてみる潔い率直さが、負の感情が織り混ざる感触的な記憶をストレートに引き出した一瞬のやりとりにほかならず、それはきわめて小説的な場面として読者に迫ってくるにちがいない。

つまり、「わたし」と「重信さん」の関係を記すフィクションのなかには、現在の時間のみならず、瀬戸内寂聴という「わたし」が書きなしてきた歴史と物語が引用されているのだ。

神近市子が「私」の問いを不快なものとして退けはしなかったように、「重信さん」も「わたし」が彼女を笑わせるつもりでつい口走ってしまった軽はずみな一言を非難したり、傷ついたりはしない。なぜなら、二人の間には「アクリル・プラスチックの壁」に隔てられていようとも互いが手を合わせようとする「接触」があり、続く会話が示すように、関係をつなぎあわせたいという思いが共有されているからである。

最終場面のこの空間には、二人のほかに、「大谷さん」と、「女の監視役」がいる。「女の監視役」が「意地悪そうな顔」で冷たく面会時間を区切ってしまうことが示すように、ここに示された女性同士のつながりは、女であれば誰もが連帯できるということを意味するわけではない。そして、「わたし」「重信さん」「大谷さん」の背後には、それぞれ活動を支えている男性たちの姿も書き込まれており、女たちのつながりは男性を排除したり締め出す力学をもつわけでもない。

短篇『風景——面会』は、物語の記憶をふんだんに引用しながらも、異性間の恋愛という物語形式のなかでヘテロジェンダー化された女性役割を担わされてきた女性登場人物に、新しい位置を用意した小説である。従来の物語的ポジションからするとヒロインの娘にあたる「メイさん」には、非難されるべき悪女像や魅惑的な悪女像とは無縁の場所が、支え合う女性同士の間に与えられ、女が共感的に女を見る定型をはりめぐらすことによって、女性嫌悪的な物語定型は避けられる。

語り手の「わたし」の思いは、まだ書かれていない「重信さんのこと」を著わす小説に向かう。「大谷さん」が「女平出修のように後世に名を残す」かどうかより、「わたし」たちにとって重要なのはその約束の方なのだ。

現実にはこの先いつか、瀬戸内寂聴によって重信房子を主人公とする伝記小説が書かれるのかもしれない。そして未だ書かれていない、約束の小説は、埋められる内容を未来に託した空白となっており、それは、明らかに伏字的死角の原理を避ける空白だ。書かれずにいるテクストについて言及したこの小説のなかには、女性たちをヒロインの物語から解き放つ道筋が示されている。

第四章　天皇制と暗殺

1　反復するスキャンダル

大逆事件（一九一〇―一一年）は、冤罪という側面ばかりではなく、近代国民国家の論理の中心を担う「天皇」に対して企てられた叛逆の物語という要素ももっており、そのため一九九〇年代以降は、批評的なテーマとしても関心を集めてきた[1]。その文脈を振り返ってみると、大逆事件それ自体が、ナショナルな権力に対する抵抗の物語として共有されてきた、戦後的な記憶と言い換えられるのかもしれない。『戦後というイデオロギー』で高榮蘭《こうよんらん》が論じているとおり、幸徳秋水は、帝国の時代にあっても日本の良心として政治的に正しく振る舞った、理想化されたアイコンであり続けたし[2]、管野須賀子もまた、処刑された同志たちのなかの紅一点として際立った存在感をもち、『アナーキー・イン・ザ・ＪＰ』（二〇一〇年）においても引用されていたことは前章に見た通りである。

天皇の暗殺未遂の物語は、折に触れ反復され、定型を支える役割を果たしてきた。本章では、伏字という可視化された空白について考えるために、再び時代を百年前の一九一〇年代までさかのぼり、反復された暗殺の物語に検討を加えてみたい。そのことにより、前章で見た、現代の皇太子妃をめぐるゴシップや、女性皇族がアイドルとして注目される「皇族萌え」現象と、大逆事件から派生した物語の定型、言説の枠組みとの接点はより明確になるだろう。

2　大逆事件と天皇の死

まず、大逆事件がメディアのなかでどのように扱われ、その翌年の天皇の病死報道とどのような関係をもったのかを簡単に確認しておきたい[3]。

明治三〇年代には、欧米で無政府主義者（アナーキスト）による皇室関係者や国家元首の暗殺事件が多発しており、「無政府主義」という記号は暗殺と結びつけて捉えられていた。そのため、メディア上では、大日本帝国においても同じように、無政府主義者、社会主義者による天皇の暗殺がおこるのではないかと予測され、読者の期待の地平を形づくっていた。厳密にいえば「社会主義者」と「無政府主義者」は異なるが、当時のメディアでは、両者は類似したものとみなされていた。

とくに大逆事件の二年前にあたる一九〇八（明治四一）年、赤旗事件に際しての報道記事のなかでは、無政府主義者の主張する「自由恋愛」が攻撃の対象とされ、「無政府主義」という記号自体が性的なスキャンダルとしてイメージされるようになる[4]。大逆事件とは、そのようなスキャンダルの延長上に生じた出来事だったのである。

報道言説のなかでは、管野須賀子と幸徳秋水という固有名が目立ちはじめる。(5) 獄中にいる荒畑寒《あらはたかん》村《そん》と別れた管野須賀子が、妻のいる幸徳秋水とパートナー関係をもったことが非難され、「堕落」した異性愛の三角関係を代表させられた管野と幸徳は、次第に同志からも非難され孤立することになった。

また、大逆事件報道のなかでは、無政府主義は広く、病や伝染病の比喩によって意味づけられていた。無政府主義者の性的なスキャンダルは、セクシュアルな規範によって規定されている家族という制度、ひいては家族国家観をおびやかす病源であり、(6) したがって、大逆事件、天皇暗殺計画は、国家を病によって横領し、危うくさせるというイメージで語られた。それは、国民国家の規範を中心で支える天皇を侵犯し、天皇という中心によってさまざまな近代的規範を整備してきた帝国の論理や物語を危機にさらす出来事だったのだ。

無政府主義者による天皇暗殺の物語は、神聖で不可侵の記号であるはずの天皇を、その登場人物として、スキャンダラスな場所に引き込む可能性を示した。つまり、メディア上に、禁止を侵犯することによって生まれる物語を読みたいという欲望を生み出したのである。

その結果、大逆事件の直後の一九一二(明治四五)年、天皇の病死をめぐる報道のなかには、天皇の聖性を侵犯し、冒瀆するような細密な身体描写が表出する。(7) 明治天皇の病死報道には、「大逆」という物語のコードが引用され、天皇の生々しい身体を執拗に叙述しようとするメディア言説のなかには、天皇が暗殺される物語を読みたいという欲望が反映したのだった。

3　日蔭茶屋事件と伊藤野枝・大杉栄の虐殺報道

天皇暗殺という未遂の物語のなかで、クローズアップされた要素のひとつは、危険な女が天皇の暗殺を企てるというもので、暗殺する女の話形は、管野須賀子を魅力的な悪女として表象した。こうしたイメージと重なるスキャンダルとして、いわゆる「葉山日蔭茶屋事件」が報じられたのは、大逆事件と明治天皇の病死の五年後にあたる一九一六（大正五）年のことである。

この事件は、大杉栄、その妻の堀保子、大杉の恋人となった神近市子、伊藤野枝の関係がもつれ、大杉が神近市子から刺されたという概要をもつ。当時は、「自由恋愛を唱へ、それを実行して一時世間の耳目を集めた大杉栄氏が、その自由恋愛の一人である神近市子氏に刺された。無教育な社会の刃傷沙汰と異《ちが》ひ、教養ある婦人の行為の事ですから」「世間を騒がせる事でせう」（宮田修「自由恋愛の破綻」『読売新聞』一九一六年一一月一〇日）などと報じられ、大杉栄を中心とする「自由恋愛」がスキャンダルとしてメディアのなかで注視されたのだった。

幸徳秋水亡き後、「無政府主義者」「社会主義者」を代表していたのは大杉栄であった。大杉栄は、「社会主義者として人にも知られ其筋よりは其の一挙一動を監視され居たる」（『時事新報』一九一六年一一月一〇日）、「無政府主義者の巨頭たる大杉栄」（『時事新報』一九二三年九月二五日）など、無政府主義者の象徴として、[8] 幸徳秋水と類縁化されていた。つまり、大杉栄の「自由恋愛」は、管野須賀子、幸徳秋水による無政府主義者のスキャンダルに連接していたのである。

そのため、事件報道のなかには、「無政府主義者」の物語の記憶を刺激する表現が多用される。「大杉栄情婦に斬らる＝葉山にて神近市子の為めに＝」と題された記事は、臨場感をもって神近市子の「凶行」を間近から描写する。

市子は予て覚悟し居れるものか、ムックと許《ばか》り起上り様、前後も知らず熟睡し居たる大杉に馬乗となり、用意し居たる刃渡り五寸余の短刀を採るより早く、大杉の右頸部に突刺し、長さ七分深さ一寸気管に達する重症を負はせたり、〔…〕市子は血痕斑々たる浴衣一枚に髪振乱せる浅ましき姿にて逗子の部長派出所に自首し出でたるが同人は只「私は唯今大杉を殺して参りましたから、宜しく御願ひ申します」と云ひ了《をは》りて上り口にどつと倒れたり、〔…〕

大杉の取合から＝原因は矢張り痴情＝

市子が大杉栄を殺害せんとするに至れる原因は、要するに野枝と寵を争ひたる痴情の果《はて》なるが市子を知れる某婦人曰く「神近さんは容貌も性格も非常に激烈な、日本の婦人には一寸《ちよつと》珍らしいタイプの婦人でした、従つて其言論も奔放不羈とでも言ふのでせうか、自分では囚はれない新思想を有《も》つた自覚ある女を以て任じて居ました、無論主義は社会主義で、彼の赤旗事件などに活動したことは、(9)其方面の人の間に有名な話柄として伝へられて居ります、〔…〕最近一週間許り前に某雑誌記者が神近さんを訪問した時は、悪婦のやうな怖ろしい顔をして居たさうだが、今にして思へば其胸中には悪《を》気《き》が充満して、人生の温か味などと云ふことは露ほどもなかつたのであらうと思へば、是れも亦《また》哀れな婦人です、〔…〕

（『時事新報』一九一六年一一月一〇日）

「痴情」「激烈」「悪気」「悪婦」などの語に修飾される神近市子の表象には、赤旗事件から大逆事件に至る折の管野須賀子のイメージが踏襲されている。血のイメージにまみれた神近市子は、血と病のイメージに彩られた悪女像そのものだ。男を暗殺するという身ぶりにおいて、管野須賀子と神近市子は交差し、無政府主義の女としてひとつの像を結ぶ。日蔭茶屋事件には、大逆事件というスキャンダルの反復が見取られるのである。

一方で、記事にあふれる「無節操の一団」「唾棄すべき」「獣性の暴露」（『東京朝日新聞』一九一六年一一月一〇日）といった語は、赤旗事件の頃に「無政府主義」を説明づけていた「堕落男女学生」「大乱痴奇」「破戸漢《ごろつき》共の寄合」（『東京朝日新聞』一九〇八年六月二五日）などの単語と呼応している。日蔭茶屋事件の前後から、伊藤野枝と大杉栄はジャーナリズムをはじめ、同志のなかからも非難されることになるが[10]、その点もやはり、管野と幸徳が周囲から孤立したのと同じ軌跡をなぞるのだ。

報道のなかでは、神近市子は大杉を殺すという明確な意図を持っていたと叙述されており、このスキャンダルは、暗殺の失敗という物語構造を備えていた。未遂の暗殺というモチーフをもつ日蔭茶屋事件には、大逆事件の構造的反復があるわけだが、そこには逆説的な差異が存在している。暗殺の対象とされる男は、天皇から無政府主義者へと転じており、大逆事件で暗殺対象とされた明治天皇と大杉栄とが位置的に重なるのである。

二つの暗殺未遂の物語の構造から見えてくるのは、「自由恋愛」と天皇制に相似があるということだ。大杉の実践した「自由恋愛」は、天皇制や家族国家観に対する抵抗や叛逆として試みられたものであるのにもかかわらず、実際には天皇制と同じ、男性を中心とした権力的ジェンダー関係を備えていた。それは、表向きは一夫一婦制を仮構しながら、裏では一夫多妻制（一夫一婦多妾制）が許容されてしまう近代天皇制の構造に等しい[11]。すなわち、物語が反復されることにより、大杉を中心とした自由恋愛の枠組みが、一夫多妻の天皇制の性愛構造を模倣しているという点が露見するのである。

さらにその七年後の一九二三（大正一二）年、伊藤野枝と大杉栄は、連れていた六歳の甥、橘宗一とともに、関東大震災の混乱のなかで殺害される[12]。「甘粕憲兵大尉は本月十六日夜大杉栄外二名の者を某所に同行し之を死に致したり〔、〕右犯行の動機は甘粕大尉が平素より社会主義者の行動を国家に有害なりと思惟しありたる折柄〔、〕今回の大震災に際し無政府主義者の巨頭たる大杉栄等が〔、〕震災後秩序未だ整はざるに乗じ如何なる不逞行為に出づるやも計り難きを憂ひ〔、〕自ら国家の徒賊を芟除《さんじょ》せんとしたるに在るもののごとし」（『読売新聞』一九二三年九月二五日）といった報道からは、首謀者とされた甘粕正彦が犯行に及んだ原因として、「無政府主義者」が「国家に有害」であるから取り除いたのだという理由づけがなされていたことがわかる。

その一方で、「日本陸軍の偏狭なる愛国思想を遺憾なく暴露するものと云はねばならぬ」と事件を叙述する記事には、「日本陸軍の大汚辱にして其犯行の動機が国家の為めにするの精神に出でたりなど古手の慣用手段に依つて敢て世間態を繕はんとするが如き」（「甘粕大尉事件　陸軍の大汚辱」

『時事新報』一九二三年九月二六日）という批判が見受けられ、「愛国」的な殺害行為を非難する論調も広く存在していた。

二つのアンビヴァレントな文脈は、「或ものは国士として減刑を願ひ或ものは国法をみだるものとして極刑を望む、その二つの流れの間に立つ問題の男」（「甘粕事件の第一回公判」『東京日日新聞』一九二三年一〇月九日）という表現に集約的に現われていよう。そして、正当化、批判といういずれの文脈にあっても、大杉栄と伊藤野枝が「国家」との関係で殺害されたというコードが作られていったのだった。

このとき、メディア上には、大逆事件という「無政府主義者／社会主義者」による未遂の「大陰謀」と、「愛国」ゆえに暗殺を実行した甘粕正彦の「犯行」とが互いを映しあう様相が生成されていく。つまり、大杉栄と伊藤野枝の暗殺は、アナーキストによる天皇暗殺という意味内容を暗に隠しもった物語として編成されているのである。

だからこそ、「大杉栄を中心に先妻の堀やす子神近市子の三角関係から更に神近市子伊藤野枝の三角関係に移つて例の葉山日陰茶屋における市子の刃傷沙汰を惹起したのは今から七年前の大正五年十一月九日であつた」（「大杉と野枝女　三角関係に始まつた仲」『東京日日新聞』一九二三年九月二五日）と、殺害事件を報道するメディアは、伊藤野枝と大杉栄という固有名を、継続的にスキャンダルのイメージで彩った。伊藤野枝・大杉栄殺害事件の枠組みは、日蔭茶屋事件に修飾された、スキャンダラスな暗殺の物語として変奏されたのである。

暗殺の物語は、ナショナルな権力を物語のなかに呼び入れながら、反復されるごとに紋切り型と化していった。魅力的な悪女によって男が暗殺される危機に瀕する物語は、天皇制、家父長制、ジェンダーや性の制度を撹乱するようでありながら、紋切り型になることによってむしろ、保守的な制度に馴致され、制度を守る力に成り果てていくようにみえる。

4　大逆事件と夏目漱石

関東大震災からすこし時間を前に戻し、もう一度、日蔭茶屋事件の時期に視点を戻そう。事件があった一九一六（大正五）年、夏目漱石の遺作『明暗』が、『東京・大阪朝日新聞』に連載されている。[13] 実は、この『明暗』には、意外な形で大逆事件の物語が引用されているのだ。

よく知られているように、『朝日新聞』を小説の媒体に執筆することを選んだ漱石の小説は、「新聞と云ふもの、約束」に自覚的である。[14] 物理的に新聞記事と隣り合った新聞連載小説『明暗』は、同時代の出来事との間に密接な引用関係をもっている。漱石と大逆事件の思想的な関わりについては先行諸論があるが、[15] ここでは漱石という書き手からは距離をとり、記憶化された物語の引用という観点から考えてみたい。

未完の大作と呼ばれる『明暗』では、津田とお延という新婚夫婦を中心に物語が展開していく。お延は、幸福で人の羨むような恋愛結婚をしたつもりでいるが、津田はお延と結婚する前に、婚約者の清子に逃げられるという苦い体験をしており、清子に未練を残している。津田の関係者は皆知っているその過去を、お延はむろん知らないのだが、見栄とプライドがぶつかりあう日常のなか、お延は自分が津田に裏切られるかもしれないという微かな不安を抱いている。物語は、津田がお延に隠れて清子を訪ね、二人が再会したところで途絶している。

さて、作中には、お延からも津田からも軽蔑され、疎まれている小林という男が登場するのだが、小林は「社会主義者」のイメージによって印象づけられている。

彼〔小林〕は又探偵に跟《つ》けられた話をした。それは津田と一所に藤井から帰る晩の出来事だと云つて、驚いたお延の顔を面白さうに眺めた。彼は探偵に跟けられるのが自慢らしかつた。大方社会主義者として目指されてゐるのだらうといふ説明迄して聴かせた。（『明暗』八一）

これに先立つ場面でも、津田が小林に「君見たいに無暗に上流社会の悪口をいふと、早速社会主義者と間違へられるぞ。少し用心しろ」（『明暗』三五）と警告する台詞があり、先行研究のなかでも、小林を考察する上で大杉栄の存在、社会主義者やアナーキストのイメージは重要視されている[16]。

もちろん、「社会主義者／アナーキスト」という語をはりあわせた小林の背景には、スキャンダラスな物語コードが呼び込まれ、さらに性や犯罪、死といったイメージが喚起されることになるだろう。すなわち小林は、「社会主義者」の語が媒介する大逆事件の物語イメージを『明暗』の物語に大がかりに引用する役割を担っているのである。津田夫婦の日常の標準値はアナーキストの物語によって揺らぎ、ストーリーの機軸はスキャンダルの方向に傾いていく。

社会主義者という記号によって象徴される小林と、「上流社会」の一員になりたがるお延や津田の虚飾は対照的である。そのお延を象徴するのは、「千里眼《せんりがん》」である。お延が叔父の岡本から、娘の見合い結婚に関してアドバイスを求められる場面では、「千里眼」の語が反復的に使用されている。


「あたしの様なものが眼利《めきゝ》をするなんて、少し生意気よ。それにたゞ一時間位あゝして一所に坐つてゐる丈ぢや、誰だつて解りつこないわ。千里眼ででもなくつちや」

「いやお前には一寸《ちよつと》千里眼らしい所があるよ。だから皆なが訊きたがるんだよ」

「冷評《ひやか》しちや厭よ」

お延はわざと叔父を相手にしない振をした。然し腹の中では自分に媚びる一種の快感を味はつた。それは自分が実際他《ひと》に左右《さう》思はれてゐるらしいといふ把捉《はそく》から来る得意に外ならなかつた。けれどもそれは同時に彼女を失意にする覿面《てきめん》の事実で破壊され（ママ）べき性質のものであつた。彼女は反対に近い例証としてその裏面にすぐ自分の夫を思ひ浮べなければならなかつた。結婚前千里眼以上に彼の性質を見抜き得たとばかり考へてゐた彼女の自信は、結婚後今日に至る迄の間に、明らかな太陽に黒い斑点《はんてん》の出来るやうに、思ひ違ひ疳違《かんちがひ》の痕迹で、既に其所此所汚れてゐた。
（六四）

津田との新婚生活で、こんなはずではなかったという苦い後悔を感じているお延にとって、「一す千里眼らしい所がある」とお延を評価する叔父の言葉は両義的であり、この場面の最後で、お延は思わず泣き出してしまうことになる。

「千里眼」は、お延の性質を比喩的に表象しているのだが、同時代の文脈に返してみると、これは明治末期に起こった「千里眼事件」と呼応する記号であった。一九〇九（明治四二）年に、千里眼、すなわち、透視能力を持った御船千鶴子がメディアに登場し、「千里眼婦人」として脚光を浴びる。翌一九一〇年十月、長尾郁子がやはり千里眼能力者として注目され、千里眼は時代のブームとしてメディアをわかせる単語となったのだった。東京帝国大学の福来《ふくらい》友吉や京都帝国大学の今村新吉らが関わって公開実験が行なわれ、真偽論争が起こり、最初「千里眼」に好意的だったメディアは次第に批判に傾いていく。最終的に、「千里眼」が女性によるいかがわしい能力として否定されるという恰好で事件は収束していった。[17] ゆえに、お延の千里眼は「誤謬もしくは虚偽の象徴[18]」にほかならず、小説内で彼女のありようを批判的に意味づける記号として機能しているのである。

この千里眼報道は、韓国併合や大逆事件と同時期に起こっている。一見したところ、同時期に新聞メディアに現われたというだけで、二つの記号の間には直接的な関係性は存在しないのだが、当時の新聞読者になったつもりで紙面を改めて見渡してみると、社会主義者の大逆事件と、千里眼の物語が、主人公が死に向かう同一の話形をもっていること、死の物語として二つの出来事が接近し、親和していることが読み取れるだろう。[19]「千里眼婦人」と呼ばれた御船千鶴子は自殺し、そのことは大逆事件の判決から死刑執行と重なる時期に報道されるのだ。[20]「暗愁なる家庭」の犠牲となったことを自死の原因と推定する記事は、千鶴子の死を、自分以上の千里眼能力者が続出していることを悲観した厭世的な自殺であるとほのめかし、千里眼能力と家庭の問題とをつなげている。

家庭の暗愁　事に依つたら千鶴子の人体透視が却て禍をなしたのではあるまいか〔。〕聞く所に依ると先頃千鶴子の父は清原氏〔御船千鶴子の義兄〕の手から本人を引離し自分の手許に引取つて自家で透視を行はせることにした〔…〕其頃から千鶴子の透視力が少しく退歩して思ふやうに行かぬ、それで余儀なく又清原氏の方に戻すことにしたとのことである〔。〕一体人体を見ることになると見て貰ふ病人の方が迷信に陥つて無我夢中に之に縋るやうになり随つて金を出すことなど何とも思はぬ〔。〕斯うなると本人は如何に無慾でもいろ〳〵の事情が湧出し後に居る人々との関係や何かで徒らに人の口の端に掛るやうにもなつて来る〔。〕千鶴子が実家に帰つたり又清原氏方へ戻つたりして其間に何等か千鶴子を苦しむる事情がありはしなかつたらうか〔。〕兎に角日本千里眼の元祖とも謂ふべき此婦人を失つたのは惜むべく又悼ましき事である云々

（「千鶴子毒死す」『東京朝日新聞』一九一一年一月二〇日）

「事に依つたら千鶴子の人体透視が却て禍をなしたのではあるまいか」と叙述する記事からは、千里眼能力が原因となってトラブルが引き起こされ、その結果、家族に不和が起こり、本人が不幸な死を遂げてしまったという、家庭を舞台としたスキャンダルの話形が確認できる[21]。

御船千鶴子の自殺と、幸徳秋水や管野須賀子といった社会主義者の死は、まさに隣り合って報道された。お延というヒロインの影には、大逆事件の物語と千里眼婦人の死が交差し、彼女の行く末

には、スキャンダラスなトラブルや不幸な死という運命が暗示されていく。

5　回避される即位礼大典

他方で、新聞連載小説『明暗』には、書かれない空白があるという指摘がある。長山靖生は、「何より気になるのは、大正四年の晩秋を舞台に設定していると思しい『明暗』のなかで、大正天皇の即位礼大典がまったくふれられていないことだ」と述べる。[22]『明暗』連載のちょうど前年にあたる、一九一五（大正四）年十一月十日の大正天皇の即位礼大典に際しては、世の中全体が祝賀ムード一色に染めあげられ、その前後の新聞紙上でも大々的に、にぎわしく報道されていた。また、物語内容の時間からちょうど一年後にあたる、『明暗』連載中の新聞には、次のような記事が見られる。

昨秋即位の大礼を祝ぎ、今秋立儲の大儀を慶ぶ。吾人臣民の祥慶何物か之れに如かん。歳の粛節十一月三日は、吾人臣民の五十年来に亙りて、遺忘し能はざる佳辰にて、皇威の発揚も国家の隆昌も、斯の吉日に由来するの多きを惟ふ。明治天皇の御降誕、今上陛下の立儲礼、而して今朝皇太子裕仁殿下の立太子礼、共に皆十一月三日の佳辰に際す。

（「粛賀立太子礼」『東京朝日新聞』一九一六年一一月三日）

つまり、即位の礼の一年後である一九一六年十一月には、皇太子裕仁の立太子礼が行なわれていたのであり、『明暗』における物語内現在と連載当時とにあって、反復的に皇室をめぐる大きなページェントが報道されていたのだ。引用した記事「粛賀立太子礼」は、一年前の即位礼大典について思い出すよう、読者に促している。だとすれば、それらの記事と隣り合った新聞連載小説『明暗』に、即位礼大典の叙述がないことは、たしかに「異様な空白」であるといえるだろう。

こうしたメディア状況を踏まえると、「社会主義者」と結び合った「小林」は、表面に見えるのとは別次元の効果をもっており、お延の生きる物語に、空白を埋めるべき要素を運ぶ存在だとみなければならない。朝鮮に居を移すにあたり、津田の外套をもらいうけようと訪れた小林は、お延に次のように言う。

「いくら女が余つてゐても、是から駈け落をしようといふ矢先ですからね、来ツこありませんよ」

駈落といふ言葉が不図《ふと》芝居で遣る男女二人の道行をお延に想ひ起させた。左右した濃厚な恋愛を象どる艶めかしい歌舞伎姿を、ちらりと胸に描いた彼女は、それと全く縁の遠い、他《ひと》の着古した外套を貰ふために、今自分の前に坐つてゐる小林を見て微笑した。

「駈落をなさるのなら、一層二人でなすつたら可いでせう」

「誰とです」

（八二）

経済的に逼迫して植民地に移住することを、小林は自嘲的に「駈落」と呼び、お延は「濃厚な恋愛を象どる艶めかしい歌舞伎姿」を思い描いて、小林と「全く縁の遠い」ものと考える。だが小林はむしろ、大逆事件の物語につながる媒介にほかならず、「濃厚な恋愛」やスキャンダル、犯罪的な出来事を呼び込む記号なのだ。小林を仲立ちとして、お延は津田と清子・お延という恋愛の三角関係の方向へと導かれ、死に接近していく。

にもかかわらず、お延は小林の語る言葉には全く関心を払わず、その言葉の「表面上の意味を理解する丈《だけ》でも困難を感じ」るばかりだ。佐藤泉は、「お延が小林に無関心である以上、お延にとって小林は存在しない」と述べ、「無関係・無関心という荒涼とした関係」が『明暗』の主題のひとつであると指摘する。[23] サイズの合わない、着古された外套を試着する小林の背にお延が冷笑を浴びせる場面では、二人の視線や言葉の交錯に、「無関係、無関心」の問題系が横たわっている。

彼女は誰も自分の傍にゐないので、折角出来上つた滑稽な後姿も、眼と眼で笑つて遣る事が出来ないのを物足りなく思つた。

すると小林がまたぐるりと向き直つて、外套を着たなり、お延の前にどつさり胡坐をかいた。

「奥さん、人間はいくら変な着物を着て人から笑はれても、生きてゐる方が可いものなんですよ」

「さうですか」

お延は急に口元を締めた。

「奥さんのやうな窮《こま》つた事のない方にや、まだ其意味が解らないでせうがね」

「さうですか。私はまた生きて、人に笑はれる位なら、一層死んでしまつた方が好いと思ひます」

小林は何にも答へなかつた。然し突然云つた。

「有難う。御蔭で此冬《この》も生きてゐられます」

彼は立ち上つた。お延も立ち上つた。然し二人が前後して座敷から縁側へ出ようとするとき、小林は忽《たちま》ちふり返った。

「奥さん、あなたさういふ考へなら、能《よ》く気を付けて他《ひと》に笑はれないやうにしないと不可《いけ》ませんよ」（八七）

お延が小林に向ける冷笑は、小林と無関係でいられるからこそ生まれており、彼女の無関心は、距離によって守られたまま、相手を侮蔑し見下す攻撃性へと転じている。無関心によって、小林から見えるものが、お延には見えないのだ。

お延は、視点を変えれば見える死角のあることに気づく気配もない。津田の過去を知る者たちは誰ひとり、お延の結婚を幸せな恋愛結婚とはみなしていない。この「能く気を付けて他に笑はれないやうにしないと不可ませんよ」という小林の言葉は、お延の現在を皮肉に言い当てたものであり、お延の無関心は最終的に、彼女自身を損なう効果をはらんでいる。

小林に対するお延の無関心は、スキャンダルや物語を受容し、消費する読者のポジションに通じているようでもある。記号化された登場人物が、自らを取り囲む物語の力学に気がつくことができないのは当然のことではある。だが、読者にはその死角が見える。『明暗』の示した無関心というファクターは、物語の力学に取り囲まれて生きる私たちに、その力学に自覚的であるための手がかりを示しているだろう。

6　『神と人との間』

では、再び日蔭茶屋事件から関東大震災へと時間を進め、大杉栄と伊藤野枝をめぐる虐殺報道と同じ時期に書かれた小説に注目してみたい。大逆事件的なスキャンダルの構造について、『明暗』とはまた違った角度から考察のヒントを与えてくれるのは、谷崎潤一郎『神と人との間』である。『婦人公論』に一九二三（大正一二）年から二四年にかけて連載された『神と人との間』[24]は、一般的には小田原事件を素材として描かれた作品だと位置づけられている。[25]小田原事件とは、一九二一年三月、谷崎が佐藤春夫に妻の千代夫人を譲渡すると約束したものの、その約束を翻したことから、谷崎と佐藤が絶縁するにいたるという、文壇におけるスキャンダルである。

『神と人との間』には、谷崎潤一郎、佐藤春夫、千代夫人をモデルとする添田、穂積、添田の妻の朝子という人物が登場する。穂積は添田の妻・朝子に思いを寄せているが、添田はそれを知った上で自分の妻を虐待し、穂積をあえて朝子に近づけ、翻弄するという、三角関係が物語の中心をなす。

注目したいのは、佐藤春夫を思わせる穂積が三角関係に耐えかねて、谷崎になぞらえられた添田を病死に見せかけて暗殺するという出来事である[26]。穂積が添田を暗殺しようとする直接的なきっかけは、以下のように示される。


「いや、添田さん！　何と云つたつて×××××××××！　××××××××××××××××××××××××××××××？」

「×××××××、××××××××××××。××××××××××××××××××××。××××××××××××××××、×××××××××××××××××。」

「×××××××、××××××！」

「だが不思議だなあ！　何か体力旺盛になる秘伝でもあるんぢやないのかなあ！」

×××「××」××××××××××××××××××、×××××××××××。

「うん、さうさう、秘伝を一つ授けてやらうか。――」

さう云ひながら添田は机の抽き出しを明けて、一箇の薬の罎《びん》を出したが、中にはちよつとえたいの知れない、何だか沙魚《はぜ》の佃煮のやうに黒く細かい、ぎらぎら光る玉虫色の固形物が一杯這入つてゐるのだつた。

「何です、そりやあ？」

「此りやあ××××××・×××と云つて、つまり西班牙の蝿なんだ。ほら、ちやうど日本の銀蠅のやうに光つてゐるだらう？　此奴があの方には実によく利くんだ。」

（『神と人との間』十七）

添田が所持していた「体力旺盛になる秘伝」の薬こそが、暗殺の鍵となるのだが、この薬をめぐる叙述の周囲には伏字がはりめぐらされており、伏字からは、性的に過激な叙述が推定され、セクシュアルな規範を逸脱する要素や行為が想像される。

この薬については、「独逸語で云ふ××××××・×××××」という虫の「生殖器の中に秘薬の成分が含まれてゐる」もので、「此れを粉にしてほんの少し服用すれば、直ちに尿道を刺戟する。それで西洋では一種の色慾亢進剤に使はれてゐる」が、「若しちよつとでも分量を誤まれば生命に係はる物である」（十七）と説明されている。

穂積は、かつては医師でもあり、作中でただ一人、この薬が人の生命を奪う危険な薬であるという正確な医学的知識をもっている。したがって穂積は、この薬の分量を調節することで、誰にも知られずに添田を病気に見せかけて暗殺できるという誘惑に囚われるのだ。

その見せかけの病状は、次のように叙述されている。

彼は幾分か胃が熱くなるのを感じ、或は軽微な興奮を示すでもあらうが、酒に酔つてゐるためにそれさへも意識しないであらう。斯くして数日を経た後に、始めて尿量の減じたのに気がつく。それから次第に顔や手足がむくんで来る。後頭部に痛みを覚える。動悸が昂まり、食慾が衰へ、心臓の力が薄弱になる。医師は間違ひなく腎臓炎の診断を下す。が、穂積の推定するところでは、もはや十中の八九まで恢復の望みはない。手足の浮腫はいよいよひどくなり、尿量はますます少くなり、やがて嘔吐と痙攣を伴ひ、最後に昏睡状態に陥つて、一週間か二週間目の終りまでには斃れるであらう。

死因に就いては、何等怪しむべき点は有り得ない。いかなる医者が検べても添田は腎臓炎を煩ひ、尿毒症を引き起して死んだのである。（十七）

「尿量」が減り、「腎臓炎」と「尿毒症」を引き起こし、「精神状態が衰へ」「昏睡状態」になって二週間程度で死亡するという経緯は、実のところ、明治天皇が病死した際と同一の病状にほかならない。明治天皇の病は、「陛下には最初糖尿病に罹り給ひ次で腎臓炎を御併発遊された様で目下の御病症は御尿毒症の由に拝承致します〔○〕此の尿毒症は一種の病症として見るよりは腎臓炎の重くなつたと見る方が至当で御座ります」、「脳に来るのは腎臓炎の為に尿の排泄が出来なくなつた為めに排泄すべき毒即ち尿が血管に伝はつて遂に脳を侵すので」、「脳の働きを鈍くして初めは嗜眠状態を起し次で昏睡に陥る」（「御病症と経過（某医師の談）」『時事新報』一九一二年七月二四日）などと叙述されていた。

結局、穂積から色慾亢進剤という毒を盛られた添田は、明治天皇と同じ病、同じ症状を呈して、明治天皇と同様に、二週間ほどで死亡することになる。

また、病の末期において、「此の病気には心臓の弱いのが殊にいけない、それが一番心配だつて云ふんですの」、「ああ、添田君は心臓が丈夫ぢやなかつたからなあ」（十八）という会話が交わされているが、添田に関する、心臓が弱い、身体が「肥満」していたという情報は、明治天皇をめぐる死の直前の記述とも共通している。「元来此病気で斯の如き際に最も注意す可きは心臓である、然るに洩れ承る処に依れば陛下は御肥満の御体格に渡らせられて居る趣で肥満者の心臓は平常に於ても幾分弱いことは免れ得ぬ故に況《ま》してや御大患なるに於ては御治療の困難なることは吾々に於ても考へて居た」（『東京朝日新聞』一九一二年七月二六日）という記事が示すように、天皇の身体が「肥満」していたこと、肥満者の心臓は弱いという点は、天皇の身体をめぐる欠点としてメディア空間に現われた情報だった。

さらに、「憎まれてゐた悪魔主義者の死が一般に知れ渡つたとき、世間はさすがにその生前の功績を認めることに吝《やぶさか》ではなかった。多くの雑誌や新聞紙は故人の肖像を掲載した。故人は兎に角何物かを文壇に寄与した、そして独自の境地を持つた才能のある作家であつた」（二十）と、添田の死後、肖像が掲載されるとともに、その死がメディア上で報道されたことが示されるが、そこからは、添田の肖像と天皇の「御真影」の類似性が透けて見える。

死んでいく添田の身体と、病死した明治天皇の身体とは、描写において何重にも同一化されているのだ。すなわち、『神と人との間』は、天皇の病死を作家暗殺の物語のなかに引用することで、大逆事件報道のときに形成された、天皇の暗殺される物語を読みたいというメディアの欲望を完遂した小説テクストなのである。

7　伏字的死角の罠

大逆事件の物語が日蔭茶屋事件、大杉栄と伊藤野枝の虐殺報道のなかで反復された時期、小説の言葉がどのように反応していたのか、『明暗』と『神と人との間』をとりあげて検討してきた。『明暗』では、大逆事件と千里眼事件という死の物語を交差させて引用しながらも、同時代の天皇のページェントを回避して記述しないことにより、小説テクストの内部に明白な空白がしかけられるという現象を確認することができた。これは、何によってそれを補塡しても構わないという、いわば中心が空白となった伝統的な天皇制の権力構造[27]とは、様相の違う論理をもった空白である。つまり、この空白には、天皇あるいは天皇制に直結する固有の記号が必ず入らなければならず、それ以外の不特定な記号の挿入を拒むようなしかけがあり、いわば、特定の記号と結びあった表層的な空白が構成されているのだ。

千里眼をもつとされるヒロインは、彼女自身の無関心に阻まれてこの空白を見ることがかなわない。ヒロインもその夫も、自分の利害に関わる範囲にしか関心を払わず、見たいものを見たいように見るだけなので[28]、即位礼大典という政治的な出来事は視界のなかに入らず、他者の痛みも目に入らない。物語の内側にあるこうしたまなざしのあり方が、物語の構造レベルにおいて、自分を死の方向に導く死角を見ることができない登場人物の視覚の限界と、相似させられているのである。

小説にしかけられた明白な空白は、言説上の効果として考えるなら、伏字と同じ論理によっていることは明らかだ。『明暗』の物語構造が示すのは、伏字的死角の効果を潜ませた言説の定型である。

大逆事件をめぐるスキャンダルは、露骨にしてわかりやすい物語定型である。それを巧みに引用して成り立った『明暗』の伏字的論理は、物語の上位レベルにある、言説の定型を示しているといえるだろう。すなわち、第二章で論じた、暗黙のルールを背景に、そこに存在する伏字的死角を無視して他者の存在を抹消するという、近代日本の無関心の論理である。『明暗』は、無関心に留まってそこにある死角を見ないという言説の日本的論理を、物語そのものとして構築してみせた小説テクストなのである。

他方、『神と人との間』は、禁止された性的表現のあることを伏字によって表面的に強調しながら、描写のレベルで天皇暗殺という未遂の物語を華やかに実行し、政治的な禁止を侵犯してみせるという不敵な小説である。小田原事件というスキャンダルをプロットとして展開し、作者谷崎に同一化される人物が毒殺されるという刺激的なストーリーを隠れ蓑のようにして、その裏で天皇暗殺の物語が遂行されてしまうのだ。伏字によって強調された薬は、性・病・暗殺というイメージをもった記号として物語を動かすが、天皇という記号は死角に入って見えなくなる。

だが、それを復元してしまえば、タイトル『神と人との間』からは、神／天皇という記号性を読み取ることさえ可能となる[29]。伏字の蔭でひそかに上演されたのは、神であった天皇が人として病死／暗殺死する物語だからである。

このとき、伏字表現は、政治的なものから目を逸らせるための機能を果たし、隠された物語は、見える者にしか見えない。『神と人との間』では、伏字それ自体がもっていたのとは別次元で、伏字によって別の死角を生成し、天皇制の権力を脅かし、侵蝕するという戦略的な効果が生まれている。

現在の日本では、伏字による自己検閲的な禁止は行なわれなくなった。だが、伏字を用いずに遂行される伏字的な効果は、『明暗』のヒロインがそうであったように、自分自身を損なう可能性をはらんだ無関心をその根拠として現代にも氾濫している。小説が可視化する言説の定型を見れば、無関心は日本語の定型論理のなかに仕組まれた致命的な罠であると、私たちは知ることができる。そして、制度化された伏字的死角に拮抗する論理の戦略から、罠を抜け出し、生き抜く方法を学ぶこともできる。

第二部　物語の制度

第五章　ヒロインを降りる

1　政治的なヒロインの系譜

第一部で論じてきた、管野須賀子、神近市子、伊藤野枝は、政治性と結び合ったスキャンダラスなヒロインである。彼女たちの造型をみると、一方に大逆事件やアナーキストの抵抗と虐殺といった具体的な歴史があり、もう一方には、物語の好むファム・ファタールの定型がある。

ファム・ファタールとは、一般に、十九世紀ヨーロッパのロマン主義において形成された女性イメージの類型だといわれている。それは性的な魅力によって男性を致命的な恋に溺れさせ、破滅に導く女性を意味し[1]、宿命の女、魔性の女、悪女、娼婦のイメージと重なり合う妖婦型女性、男性を死という危険な運命におびき寄せるほどの魅力を備えた女性と定義されている。表象としてのファム・ファタールには、女性に対する欲望と恐怖、魅惑と嫌悪、崇拝と憎悪といった両義的心理が投影されており、その二面性や両義性が分析の対象となってきた。また、物語の形式としては、ファム・ファタールの内面は意思や精神を欠如させた謎／空白とされ、読み取り不能な女の謎が物語を牽引するという定型をもつ。

とりわけフェミニズム批評においては、一方では、男性の性的欲望や幻想によって女性を規格化する性差別の様式だとして批判されるが、他方では、性的な力によって男性中心的な支配構造を抜け出し、積極的に自由を手に入れようとする女性像を体現しているという肯定的評価も与えられている。(2)

現在でも、ファム・ファタールはいたるところに遍在しているが、本章では、女性主人公をめぐる物語の政治学に着意しつつ、ファム・ファタールの要素を帯びたヒロインの系譜を、歴史と物語が節合する地平で考察する。その延長で、ヒロインになることの意味、ヒロインを縛る物語の拘束力、そして他者化された誰かが物語の舞台から締め出されたり利用されたりする、差別の力学について検討を加えていく。

2　『エロス＋虐殺』

吉田喜重監督の映画『エロス＋《プラス》虐殺』(一九六九年制作、一九七〇年公開)のヒロインは、伊藤野枝である。映画『エロス＋虐殺』(3)は、二つの時間軸を統合して成り立っている。映画制作時の一九六〇年代後半の政治的雰囲気と、伊藤野枝、神近市子、大杉栄らの生きた一九二〇年前後の時空とを織りあわせるようにして時間が構成されており、「現在と過去の二つの物理的時間が単なる歴史的時制としてではなく、まさに現在そのものとして展開される(4)」。

冒頭には、時間をめぐる装置を有機的に機能させるべく、現代を生きる二〇歳の大学生、束帯永《そくたいえい》子《こ》が、伊藤野枝と大杉栄の娘、魔子《まこ》と覚しき「若い女」にインタビューする場面が設けられる。束帯永子が大正期における自由恋愛／フリーラブの実践者たちに抱いた興味が媒介となって、スクリーンの上には、二つの時間が共に現在時としてある世界像が作り出されていく。

その冒頭場面、現代のヒロイン束帯永子は、岡田茉莉子の演じる「若い女」に挑発的な質問をぶつける。(5)

魔子さん。大正十二年の関東大震災の混乱の中で無政府主義者大杉栄と共に虐殺されたその妻の伊藤野枝さんの、忘れ形見の魔子さんですね？　お母さんが殺された時、魔子さんは七つでしたね。憶えていることを話してください。七つなら、いろんなことを覚えているはずです。殺される日の朝、出掛ける時お母さんはなんて仰いましたか。お母さんを美しいと思いましたか。お母さんを愛していますか。お母さんを愛していますか？

永子の声は、スタジオのような暗くて広い空間で、一人ぽつんと椅子に腰かけた女に向かって発せられる。女の身体は画面のこちら側を向いて坐り、輪廓を照らす光が闇を印象づける。次第に大きく映し出されるその身体は、呼吸によって震え、途中、わずかに瞳を上に向ける。

続いて永子の「一瞬の回想」として、東京から博多に向かおうとする彼女が、羽田空港で「中年のCFのディレクターの畝間」から旅費を受け取る場面が挿入される。永子の現在は、この畝間と、二一歳の青年和田との性的関係を中心とした、現代のエロスを紡ぎ出すだろう。この場面で、「お母さんを愛していますか」と二度繰り返される問いに対して、女は沈黙し、永子はその沈黙の上に、娘から母への、あるいは女による女への「嫉妬」という意味を重ねようとする。永子の声は続ける。

永い間の念願でした。あなたにお会いしたらこのことをきこうと。東京を発つ時、私は口の中で繰返しました。野枝さんに嫉妬していたのではありませんか。あなた自身女として。ある日突然、あなたの前から両親がすっと消えてしまった日から、嫉妬し始めたのでしたね。――嫉妬。

ふたたび広い室内が映し出されると、女は顔を両手で覆っている。永子は、野枝の生地、今宿の「生《いき》の松原の海岸の荒れた光景」を思い起こしながら、女の沈黙にかぶせるように質問を続ける。

二十八年の短い生涯のうちに三度結婚し、その三度目は、詩人辻潤の恋妻であり二人の子供までありながら大杉栄の許に走り、ために大正五年には大杉の恋人正岡逸子〔神近市子〕が彼を刺すという日蔭の茶屋事件を惹き起させた本人であり、平賀哀鳥〔平塚らいてう〕が主催した「青鞜」の運動に一番年若い同人として加わり、さいごはその青鞜の幕をひとりで閉じた話題のひとであり、その死までの同じ十年間に七人の子供を産んだ母親でもあった。およそ平凡な女ならその何人分もの生命をあっという間に生き抜いた女伊藤野枝、それがあなたのお母さんでしたね。

永子の問いは、観客に対して、過去の物語の大まかな筋書きを教示するとともに、魔子という固有名をもつ女の、母の娘による記憶が、ヒロインである伊藤野枝の物語を下支えする重力として選ばれたことを告げている。「およそ平凡な女ならその何人分もの生命をあっという間に生き抜いた女伊藤野枝」というフレーズに注目するなら、永子の言葉は、「平凡な女」と物語に選ばれた特別なヒロインとの間に、「嫉妬」という感情による対立を呼び込む論理を生成しているといわなければならない。

女性同士の対立と競合を予告するかのような言葉は、視線のドラマを伴いながら語られていく。その次の言葉が永子から繰り出されるとき、永子のいる白々と光の集まった空間と、沈黙する女をわずかな光で浮かびあがらせる闇とが同一画面上に映し出され、こちら側をみつめる二人の女のまなざしは、交わっているようでもあり、平行しているようでもありながら、観客の方に向けられている。

もう一度名前を呼びかけられた最後のとき、永子と女の間で言葉が交わされることになる。

ありがとう。質問は終わりです。もう一度お名前を。魔子さん。

A子です。

永子は私です束帯永子、二十歳、学生です。
ではB子です。
ではB子さん、さいごに何か一言。

「魔子さん」という呼びかけに沈黙し続けた女は、質問が終わるそのとき、固有名を拒絶し、自分に名がつけられることを避けている。顔を覆っていた両手は外され、少しうつむいた瞳がもう一度画面に現われる。そして女は、永子の質問に呼応しながらも、永子の論理とは異なる次元に言葉を運んでいく。

全部私には関係ないことです。母のことを仰ってるのでしたら、母はいません。母の母のことを仰ってるのでしたら、母の母はいません。母の母の母のことを仰ってるのでしたら、それは、――あなた。

永子の編む論理を経由しながら組み替えるようにして、岡田茉莉子の身体は瞳を起こし、まっすぐ前をみつめる。彼女は「全部私には関係ないこと」と断言した上で、母の存在を否認する。(6) 画面のこちら側に腕を伸ばし、「それは、――あなた。」と呼びかけながら「私」が「あなた」を、つまり彼女が観客を指さすとき、画面は白い光の満ちた空間に置き換わっている。

ここで、抽象度が高く、一元的な意味に決定することが不可能なわかりにくさを帯びた彼女のセリフを、登場人物が物語との関係それ自体を断とうとする身振りとして、比喩的に解釈してみたい。彼女が問われている母の記憶、それはスキャンダラスな物語を華麗に生きたヒロイン伊藤野枝の記憶である。ヒロインの娘の名を拒んだ女は、「母」、すなわちヒロインもまた不在であると言う。伊藤野枝という固有名を頂いた物語が、大逆事件の記憶の引用によって成り立っているという観点から考えるなら、「母の母」とは、伊藤野枝というヒロインに読み込まれ、引用された原像ということになるだろう。

女優の身体から発せられる言葉は、「母」と「母の母」、つまりヒロインと、引用される物語の記憶とを、同時に無効にしようと企てているのだ。さらに、母の不在を言い立てた末に、彼女は「母の母の母」は「あなた」なのだ、とこちら側を指さし、彼女の指先と瞳は、映像をまなざす観客の側を鋭く射貫くのである。

そしてその言葉と視線を放った女優、岡田茉莉子は、過去という現在の地平にあって、ヒロインの伊藤野枝を演じるのだ。映像世界のなかには、伊藤野枝を演じる女優の身体を通して、魔子の名を捨てた女の声が響き続けることとなる。

3　天皇制と「母の母の母」

監督の吉田喜重は、「母の母の母」を、天皇制の構造を穿つ拠点だとして、次のように述べている。

これは私が松竹を独立してから、ずっと考えていた作品でした。父、国家、そして天皇制という構造に対して、「母の母の母」と対峙させようとしたのです。それを日本近代史のなかで実現させたい。そこで大杉栄のアナーキズムを描いてみたいと考えました。これは父、国家、天皇制に対するアナーキズムですが、大杉は自由恋愛をも主張した。天皇制を中心とした国家、特に軍国主義はこれをもっとも嫌ったのです。コミュニズムのように思想、イデオロギーとして抵抗すれば、権力は法律で処罰することができる。大逆事件で幸徳秋水を死刑にすることができたのです。しかし大杉のように個人的に自由主義、自由恋愛を唱えても、これには処罰する方法がない。軍としては大杉のようにたった一人で自由恋愛といった、一種のモラルを乱す反抗に対しては、天皇の名において抹殺する方法がない。そこで関東大震災の折、朝鮮人虐殺問題などが起こっているさなか、憲兵将校だった甘粕が手を下すわけです。甘粕個人がやったとも言えますが、甘粕のなかにあった天皇を頂点とした権力構造が、個人の力を借りて、それを果たしたとも言えるでしょう。この大杉に、こうした可能性があることを知りつつ、最後まで付いていった伊藤野枝の情念を想像するとき、男は沈黙せざるを得ません。男性の権力構造に対する女性の見返す力、それが大杉を超えて、伊藤野枝にはあった。それを映画の冒頭に語られる、「母の母の母」というダイアローグで指し示すしかなかったのです。(7)

「母の母の母」と名指された「あなた」とは、父、国家、天皇制という男性的権力に対峙する立場を象徴的に示したものだと理解される。冒頭場面に続くメインタイトルには、「春三月縊《くび》り残され花に舞う　と吟じた大杉栄と乱調の美の生涯を生きた伊藤野枝の叛逆とエロトロジーについての若きわれわれ・私それともあなたのアンビバランスな加担に至る頽廃の歓びのあるトーキング」といった文字が付加されるが、映像世界の論理は、「母の母の母」という、象徴的で解釈困難な言葉を掲げながら、「われわれ・私それともあなた」を襲い、映像を見る側の視線を「加担」の方に絡めとろうとしているのである。

吉田喜重の言葉を出発点に考察を広げてみるなら、「母の母の母」の位置とは、父、国家、天皇制の権力の側から排除された女性的なポジションを意味することになり、映像を眺める側、物語を受け取る側の「あなた」の身体は、おのずと女性ジェンダー化されるだろう。それはすなわち、見る者、読む者が、権力に守られる標準的なマジョリティではなく、有標化されたマイノリティの目線にあわせてものを見ることを促す論理に等しい。

近代の時空に生成する物語が、つねにホモソーシャルな男性の共同体を前提にしているという構造のなかでは、父、国家、天皇制の権力が延命し続けるほかはない。構造を撃つためには、視点の変容が必要だという論理がここにはある。

加えて強調しておきたいのは、冒頭に現われた、固有名を拒絶する女の認識において、「母」と「母の母」の不在が言われたその上で、「母の母の母」のポジションが可視化されているという点である。「母の母の母」は、血縁関係や連続性を前提とすることなく、ある切断を経た上で浮かびあがる虚構の地点に置かれている。既存のルールから想定される因果の連続が断ち切られた上でなお、「母の母の母」という言葉の連なりは、女たちのつながりを想像させずにはおかない。

そうした論理が生成する地点から開かれた映像を見る私たちは、名前と母と物語の記憶を破棄した女に見据えられることによって、居心地の悪さとわかりにくさを抱えたまま、映像の論理に接続され、映画の時間を生きさせられることになるのだ。

4　暗殺する女

現代のヒロイン東帯永子が冒頭で予告したとおり、もう一人のヒロイン伊藤野枝が生きるのは、政治的な自由恋愛の物語である。なかでも、クライマックスに掲げられるのは日蔭茶屋事件であり、大杉栄が神近市子に刺されようとする一瞬は限りなく引き延ばされ、関東大震災後に伊藤野枝とともに虐殺される死の場面と類縁化されながら表象されている。

実際には因果関係があるわけではない、一九一六年の日蔭茶屋事件と、一九二三年の虐殺事件とがイメージの上で連鎖している点は、「春三月縊り残され花に舞う」の句と大杉栄という記号が大逆事件の記憶と連結されていたこととあわせ、(8)『エロス+虐殺』が物語的な記憶に敏感に反応しながら構成された映像世界であることを証し立てているだろう。

そうした言葉の記憶を引用しながらも、『エロス+虐殺』のクライマックスには、創造された虚構が刻まれている。それは、大杉を刺そうとする神近市子の身体に、岡田茉莉子が演じる伊藤野枝の身体が錯入し、激情や妄想にまみれた極限状態で繰り広げられる暗殺未遂の現場にあって、伊藤野枝が大杉栄を刺す、という結末が用意されているという点にある。

吉田喜重は、「彼自身がその妻伊藤野枝によって刺されて死んだという空想の結末をどうしても必要としたのは、革命のイメージを自己否定の窮極にとらえたいという私のとどめがたい視線の果てであり、さらに言葉を加えれば、私自身を自己否定しようとしたからにほかならないだろう」と述べている。(9) 大杉栄という、自由恋愛を実践した革命者が、妻によって刺されて死ぬことは、冒頭場面の女の言葉、女優の視線に呼応したものだといってよいだろう。したがって、男性主人公への批判的感触を含んだ「自己否定」の論理こそが、「母の母の母」である「あなた」に手渡されるメッセージにほかなるまい。

というのも、第四章でもみたとおり、大杉栄の振舞いを改めて「母の母の母」の女性ジェンダー化された目線で眺め返してみるならば、天皇制的な権力構図に対決するものでありながらも、彼の唱えた自由恋愛が、男性化された権力構造を前提としていることは明らかだからである。(10) 監督自身、「見方によっては、大杉批判の映画かもしれませんよ。女性映画といわれてもいいんです」と語ってもいる。(11) すなわち、権力への反抗を評価しつつも、同時に内包された負の側面を批判するために、ヒロインの「情念」の力が男を刺し殺すというモチーフが選択されたのだといえるだろう。

そしてもう一つ、現実と幻想が入り混じったこの「空想の結末」について見落としてはならないと思われるのが、神近市子の記号的位置である。

神近市子が伊藤野枝に重ねられ、同一化されてゆく表象は、複雑な意味を派生させる。『エロス+虐殺』の物語世界では、映像の上で、伊藤野枝を演じる岡田茉莉子という女優の身体が、神近市子という女の存在を通過し、重なり、成り代わって、ヒロインとして大杉栄を刺す、という置き換えが起こるのである。

よく知られているように、映画公開の前年（一九六九年）に政界を引退したばかりであった神近市子は、名誉毀損、プライバシー侵害を理由として、映画の上映禁止を申請する。吉田喜重は日蔭茶屋のシーンを中心に、二度にわたって約一時間分を自主的にカットしたが、神近市子はさらに抗告し、『エロス＋虐殺』事件としてメディアでも騒がれたという経緯があった。一方には、「映画においては、この傷害事件はかなり強調的に展開されており」、神近市子が「恋愛関係の敗北者として他のもう一人の女性とは対照的にえがかれている」といった見方もあるが[12]、他方には、「幼稚園の園長をやっている神近さんが、幼児にお菓子の袋を渡す手が、刃物をふりまわし、愛欲にくるったのと同じ手だと母親たちが思ったら」という、神近側の代理人、阿倍治夫弁護士による言い分を「次元の低いところから発想されるプライバシー裁判」とみる解釈[13]、同様に、「世に痴情とか・猥褻とか呼ばれる行為の中にこそ、人間の自由は存する」のだから、「文字通り一個の痴情沙汰」であった葉山日蔭茶屋事件は、まさにそれゆえに「革命伝説の一章として、人々に語りつがれてきたのだ[14]」といった主張もあり、大きくいって、二様の反応が見受けられたのだった。

吉田喜重監督自身には、神近市子を尊敬し、その思いが映像にも反映しているという自覚があったと言われ[15]、その敬意は、「女が男を刺す」という場面をクライマックスに置いた映像の論理からもうかがい知れるといってよいだろう。というのも、そこには、女性による男性権力批判をテーマとして取り込み、「刺す女」としての神近市子の行為を、物語要素として高く評価する判断が反映しているからである。

神近市子／ヒロインの刺す行為は、抑圧された女性の側からの声そのものの表象として前景化せずにはいないのだ。

それゆえ、現実のレベルでの神近市子からの上映禁止の訴えは、芸術的なテクストの構図が生み出す意味を読み誤った、不幸な誤解と考えることもできるのかもしれない(16)。だが、それを誤解として切り捨ててしまうことには、留保が必要だろう。物語に編み込まれた声は、そう単純ではないように思われるからだ。

5　ヒロインの条件

補助線を引くために、瀬戸内晴美（寂聴）『美は乱調にあり』（一九六五年(17)）を参照してみたい。タイトルを大杉栄の「美はただ乱調にある。階調は偽りである」から引いたこの小説は、伊藤野枝を主人公とする伝記的な作品である(18)。小説は、作者「私」が「胸に棲みついた野枝の俤《おもかげ》」を求めて、伊藤野枝の故郷、福岡県の今宿村を訪れ、関係者を取材する序章から書き始められるが、序が閉じられたその後は、作者「私」が直接的に出現することはなく、野枝とその同時代人を視点人物としながら、明治末期の野枝の上京から、日蔭茶屋事件までの時間が展開されていく。

野枝を主人公とする物語の最初の場面では、のちに野枝の夫となる詩人の辻潤《つじじゅん》の視点から、独特の魅力を備えた野枝が描き出されていくのだが、末尾の日蔭茶屋事件をめぐるシーンにあっては、主人公としての野枝の存在は、曖昧化されている。視点人物としてクライマックスに選択されるのは、野枝ではなく、市子なのだ。

市子は大杉がかばんの中からつかみ出した札束を見て全身の血がひいていった。この僅かな紙幣で、大杉とのすべてが絶ちきられるのだと思うと、もう考える力も尽きはてた気がした。肉親も、友人も、社会も、職も、すべてを犠牲にして自分を賭けた恋の価が、この数枚の紙幣の価値しかなかったのか。〔…〕気がついた時、膝の上に鞘を払った短刀が電燈の光を吸っていた。憂悶に堪えかねて市子がいつか身につけた孤独の時の馴れた姿勢だった。石の首は身じろぎもしない。市子はその巨大な冷たい首に何の手がかりもないことを悟った。刺す以外には

――今なら刺せる。

短刀を持った右手は鉄のように重かった。及び腰になり、市子は重い腕をひきあげ、刃をのばした。空洞になった軀がたいそう軽かった。市子は葉が落ちるように全身で石の首の真上へ刃ごと、ゆっくり落ちていった。

「冷たく血が通っていなかった」石の首、「刺しても斬っても刃ごたえのない非情な首」と、「石になったような感じしか」残らない「空洞になった自分」としての市子とが対比されている。重たい石のイメージと化した男と、軽さと重さの両義性を帯びた石のイメージに彩られた女の身体とが、隠喩によって対峙される場面である。市子の身体は両義性に満ち、深みのある修飾、奥行きの

ある存在感が与えられているのが読まれよう。

主人公は伊藤野枝であるはずなのに、神近市子が大杉を刺すこのシーンによって、小説は閉じていく。語りの審級は、物語の最末尾で、野枝ではなく、市子の視点に寄りそい、市子の思念を描出する。

象徴的な言い方をすれば、物語は市子をすくいあげ、主人公は伊藤野枝から神近市子に交代しているのである。結末におけるこの置き換えは、神近市子の刺す行為がもった物語的強度を証し立てているといってよいだろう。

『エロス＋虐殺』と『美は乱調にあり』の奇妙な一致は何を意味しているのだろうか。物語の舞台で、大杉をめぐる恋愛の勝者となる伊藤野枝は、物語の主人公であるはずのその位置を奪われ、恋に破れた神近市子が主人公を代理する。このとき、定型的なスキャンダルを欲望する力学とは一線を画す[19]、物語の奥行きを増す逆転運動が起きている。強弱関係、上下関係は逆転して、二人は位置を入れ替えるのだ。

神近市子の刺す行為は、明らかに、物語のヒロインにふさわしい要素として、物語から選ばれている。物語は、恋に勝った女ではなく、暗殺を企てる女をヒロインに据え替えているのだ。

6　革命の物語への異和

革命をめぐるロマンチックな物語のなかでは、大杉栄的なヒーローが賛美される文脈に、ホモソーシャルな欲望が作動し続けてきた。大逆事件をめぐる一九九〇年代の批評においても、同様のことがいえる。[20]

したがって、大逆事件が批評的に問い返されたのちに、新たな意味を与えられたヒロインの造型について、ホモソーシャルで男性化された日線がどのように作用しているのかを問い直す必要があるだろう。大逆事件が冤罪とは異なった文脈で新たに再生したとき、「悪女」として物語のヒロインとなった管野須賀子は、いわば、その悪女ぶりそれ自体において価値づけ直され、再評価を受けた。それは『エロス+虐殺』や『美は乱調にあり』において、管野須賀子の系譜に連なる神近市子の刺す行為が賞揚されたことと、同じ図式である。

悪女としてのヒロインは、異なる複数の物語のなかで反復され続けてきた。その反復のなかに生じた表象の上でのドラマを、刺激的な物語として描き直すこともできるかもしれない。だが、悪女が非難されようと、賞揚されようと、それは文脈と価値評価が逆転しただけで、物語の定型と、それを受容する欲望の質それ自体は何ら変更を被ってはいない。現実の差別構造のなかで有標化された、他者としてのマイノリティを、物語を豊かにするモチーフとして読み棄てるということが繰り返されたにすぎないのだ。

だからこそあえて、『エロス+虐殺』の物語を、現実の神近市子が拒絶したという行為がもつ、表象としての効果に、改めて別の意味を拾い上げたい。事実のレベルではおそらく、国会議員までつとめあげた神近市子本人にとって、大杉栄との恋愛事件は、記憶から消し去りたい不名誉な出来事であったのだろう。自らの名誉や誇りが傷つけられる事態だと感じたのかもしれない。だから裁判は、表現の自由と、個人のプライバシーや名誉という対立軸で争われた。だが、ここで指摘しているのは、神近市子という個人の意図や認識のレベルではなく、あくまでも、表象と物語に刻まれた、拒絶の身振りが生む効果についてである。

天皇制への叛逆という大きな物語は、恋愛の物語から敗者として排除された女を、物語に実りをもたらす魅力的なヒロインとして再配置した。だが、ヒロインとして描かれることを拒絶する声を媒介に考えてみるなら、物語は、「刺す女」の意思を無視し、不当に読みかえてはいないだろうか。

ヒロインの「刺す女」は、罪を犯す悪女である。つまり、ファム・ファタールのイメージと結合したヒロインは、社会規範から逸脱したとみなされる他者、排除されるマイノリティにほかならない。そして物語とその読者は、規範から外れた世界を生きる者を、魅力的な主人公として好む傾向がある。なぜなら、差別される対象は、平凡でどこにでもある「普通」の現実とは異なる、未知の面白い物語を読者に与えてくれる可能性が高いからである。したがって、現実世界において差別される他者は、物語のなかに据えられると、普通とは異なる者がもった負の存在感によって輝きを放つ。

物語は、マイノリティを差別し、同時に負の光によって輝かせる。物語のこの両義的な作用は、排除されるマイノリティを主人公として拾い上げる素振りをしながら差別化の構造を強化し、マイノリティを都合よく盗用し続けるのだ。

二つの物語のなかで、神近市子という登場人物の表象には、ヒロインの輝きが与えられている。

だが、神近市子という実在の人物は、ヒロインの表象を拒絶した。その拒絶の身振りは、他者を排除の力学のなかに閉じ込める物語の作用に向けられた批評として解釈されるべきであり、したがって、『エロス＋虐殺』の冒頭で、物語の母を否定した女の言葉に呼応しているといってよい。

岡田茉莉子の演じた女は、ヒロインの娘であることを否定し、ヒロインの場所を継ぐことを拒んだ。彼女はその視線と言葉により、女たちの嫉妬による対立を当たり前の前提と見る、既成の物語的感性、物語の制度を批判し、解体しようとしたのではなかっただろうか。

だとするなら、物語の記憶から脱け出そうとする「母の母の母」という論理は、物語への異和をとなえる女の声を経由して、ヒロインを降りるという結論に到達するだろう。ヒロインを降りるという意思は、天皇制を背景とする物語の巧緻な差別構造を打ち破る、積極的可能性につながっていく。

第六章　帝国とファム・ファタール

1　女の二つの顔

近代的な物語の女性登場人物には、二つの顔がある。母性につながる清らかな聖女のイメージと、性的な魅力をたたえ、ときに男を破滅に導きさえする、邪悪にして抗いがたい妖婦のイメージだ。聖女と悪女の二元的な女性表象は、[1] あらゆる物語にステレオタイプとして行きわたっている。男たちはその二律背反に魅了され、女の母性を尊びながら、同時に女の邪悪さを嫌悪する。女性嫌悪《ミソジニー》に裏打ちされた男性的な欲望の回路もまた、遍在するパターンと化す。もちろんこの二元構図は、異性愛中心主義を背景とした近代の差別的な論理の骨格そのものだといってよい[2]。

二つの女性イメージのなかで、ヒロインの系譜を圧倒的な強度で支えてきたのは、邪悪な悪女の方である。物語は主人公の属性に負性や傷のあることを好むため、規範に寄りそう理想的な聖女よりも、規範から逸脱する悪女の方が魅力的なヒロインとして選ばれやすい。それが結実した記号こそ、前章でみたファム・ファタールの肖像にほかならない。

本章では、ファム・ファタールを代表する記号といって過言ではない、谷崎潤一郎『痴人の愛』(『大阪朝日新聞』、『女性』一九二四―二五年)[3]のナオミを取り上げ、オリエンタリズムとの関わりから検討を加える。語り手「私」(河合譲治)の回想によって構成される『痴人の愛』の世界では、聖母と娼婦の二元構造が、ナオミのなかの聖と悪、女神と娼婦の二面性として[4]、あるいは「私」の母とナオミという登場人物の対比において可視化されている[5]。こうした二元構図は、帝国と植民地の比喩としても機能しており、ナオミの生きる場所には帝国主義とジェンダーの問題構制を考察するためのファクターがふんだんに含まれている。

実直で勤勉な男が、カフェで西洋人のようなハイカラな名前をもつ少女に出会い、理想にかなった女に育てたいという欲望を抱く。「混血児」のような外見をもった少女ナオミは、男の思惑を大きく裏切りながらファム・ファタールへと変貌していく。語り手譲治のマゾヒスティックな欲望と、ナオミの奔放なセクシュアリティが描き込まれていく『痴人の愛』は、風俗紊乱的な要素を帯び、ナオミズムという流行語が生まれたことからも知れるとおり、ナオミはモダンガールを先行して演じた登場人物だった[6]。関東大震災ののちに書かれた『痴人の愛』のナオミという記号を入口に、掲載メディアの言説を視野に入れながら、帝国の論理について考えてみたい。

2　混血のイメージ

『痴人の愛』は、二元化されたものの対比に満ちている。女と男、日本人と西洋人、下層階級と上流階級、無知と教養、労働者階級と知識階級、醜と美、不潔と清潔、都市と田舎といったように、数えあげればきりがない。(7) その対関係には上下関係が附与され、階級化されている。

邪悪な娼婦でありながら聖なる女神でもあるという、二律背反の存在として定義されてきたナオミは、下層階級出身でありながら高貴で、「日本人」でありながら「西洋人のよう」であり、(8)「女らしく」もあるが「男らしく」もあると語られている。二元化された構図にあるのは、単なる階級化の力学だけではない。ナオミの造形には、階級化を含んだ二律背反が、両義的なものとして同時に含みもたれるというしかけがある。(9)

そうしたアンビヴァレントな両義性に譲治は魅了されていくのだが、(10) ナオミの両義性を象徴するのは「混血児《あひのこ》」の比喩である。

「混血」は、明治期には差別を受ける負の記号であったが、(11) 一九二〇年代には両義的な揺れをはらんでいた。「混血児」は必ずしも否定的な文脈で意味づけられているわけではなく、たとえば『大阪朝日新聞』には、「混血児」を主人公として好意的に取り上げた「青い眼と黒い眼　恋の生んだ混血児物語」が連載されている。初回記事には、「パ、さんは西洋人、マ、さんは日本人、混血児と生れた少年少女の教育や結婚には、そこに又普通の人とは違つたゆき方と世界がある」(『大阪朝日新聞』一九二四年一月一二日)といった取材姿勢が示され、各回とも「混血児」たちの写真が掲載されていた。伝えられるのは、「混血児」とその両親に関する物語である。

夫にすがる新妻を見て自ら去った『蝶々夫人』〔…〕婦人は横浜の生れ、関東武士の家に育つたが幼き日父を失ひグラトフさんとは横浜で知りあつて神戸で結婚した、それは今から二十二年前、二人は幸福そのものであつた、大正二年の春である、グラトフさんは一旦夫人を日本にのこして本国へ帰つた、本国には許嫁の女が待つてゐた、翌年五月再び日本に戻つてきた時にはグラトフさんの腕に見慣れぬ新夫人が寄りそつてゐた、〔…〕グラトフさんが初めて打明けた時にはお蝶夫人のむらさんの心は煮《にえ》くり返つた、今更に悲しい自分の来し方ゆく末を思ひ入つては一層身を無きものにとまでも決心したがそれさへも出来なかつた、結局一子クララさんの手を引いて武庫郡西灘村原田に去つた、それから今の御影の家に移るまで十二年間その後日独戦争が始まつてグラトフさんはアメリカに去りクララさんは何も知らずに今年廿二の春を迎へた、横浜と神戸の外人学校を卒業して英語と日本語と独逸語の三箇国語を自由に話し洋服の上から日本の羽織をひつ被つていつもニコ〳〵と南窓によりそつて編物の針を動かしてゐるところなどまるで映画《スクリーン》にでも出てくる女優のやうに美しい、お母さんはもうそろ〳〵良いお婿さんを探して居るやうだが本人は一向平気で晴れた日にはポチを伴れて山登り坂の上で石を転がしては一日でも遊んでくる、〔…〕

（「青い眼と黒い眼　恋の生んだ混血児物語（二）」『大阪朝日新聞』一九二四年一月一三日）

「恋の生んだ混血児物語」には二人の主人公が設けられ、『蝶々夫人』の物語そのままを生きた母の「むらさん」の過去の恋と、美しい混血児である娘の「クララさん」の現在とが貼り合わされている。混血児の「クララさん」の現在時は、母の体験した悲哀の運命に裏打ちされているものの、そのことを彼女自身は何も知らない。物語の主人公となった娘は、「三箇国語を自由に話し」、「まるで映画に出てくる女優のように美しい」。映画女優と「混血児」がイメージの上で連接されることは、[12]『痴人の愛』のナオミが女優のメリー・ピクフォードに似ていると言われたり、映画女優を上手に真似たりすることにも通じているが、ここで注意しておきたいのは、記事のなかに、不幸と憧れをかき立てる叙述とが対比的に示されている点である。主人公の現在は「お母さんはもうそろ〳〵良いお婿さんを探して居るやうだが」と、この先の未来に接続されるが、連載記事が示す「混血児」の未来は、幸せと不幸の両極に引き裂かれているのだ。

この連載記事のなかでは、一方には、「悲劇に終つた姉妹の結婚　姉は千里の異郷で夫に死別れ妹は新婚の日に発病」(一九二四年一月一五日)と題された記事もあり、横浜で大震災に遭い、その難を一人娘とともにかろうじて逃れた姉と、かつて結婚式の夜に発病し、そのまま亡くなった妹という「混血児」の姉妹の「悲劇」が報じられている。他方では、「素的な五歳のスポーツマン　父は外人蹴球界で光りの王者　英語時間に出席を禁ぜられた母さん」(同・一月一八日)と紹介される記事で、「神戸外人団に於ける光りの王者」である英国人の父と、「英国人の血を混へた」母の間に生まれた兄妹の「楽しい家庭」の様子が描き出される。すなわち、混血児の物語のなかでは、「混血」であるがゆえに生まれる光と影、憧憬を誘う幸福と不幸な悲劇とが同時に表出し、いずれも主人公たちは「普通の人とは違つたゆき方と世界」を生きることになる。

『痴人の愛』の冒頭は、「私は此れから、あまり世間に類例がないだろうと思はれる私達夫婦の間柄に就て、出来るだけ正直に、ざつくばらんに、有りのまゝの事実を書いて見ようと思ひます」と書き起こされている。この「私」が「混血児」のようだと語るナオミという記号の後ろ側には、メディアを通して生産された「混血児」の物語が織り重なっているのである。

3　身体のトラブルとオリエンタリズム

『痴人の愛』は、時代状況や社会現象を引用し、同時代の言説との共時性を強く示したテクストだと言われている。[13] カフェの女給見習い、すなわち場合によっては身体を売らざるをえない状況もありえたナオミの境遇について、その「貞操」を問題化する譲治の語りには、「震災後の東京に、日本全国に貞操を売り、又は侵される女性が多いならば、それは誰の罪でもない。昨日の日本が今日の日本を生んでゐる迄であつて、その責任は私共社会連帯である」（和田富子「吾が娘の問題として考へよ」『女性』一九二四年一月）、「婦人はいかに職業がなくても直ちに筋肉の労働に変るといふことの出来ない体力のものが多い。此処に当然来る事は――当然と云ふ言葉を用ひ度くないけれど事実として起る故に――彼女等の貞操問題である」（三宅やす子「別に生きる途は幾らもある」『女性』一九二四年一月）といった指摘にみられる、女性の労働と「貞操」が直結せざるをえない社会問題が重なっている。こうした社会状況を受けて、「去秋の震災後、女性よ強かれと言ひ、また女性よ体力を鍛へよといふ注文が頻りにあるやうになりました」（三宅花圃「強かれと望まる、女性」『女性』一九二四年一月）と説かれたのだが、『痴人の愛』には、ビフテキを食べて丈夫な骨格を養い、水泳をして運動能力を高めるナオミの姿が現われている。

また、教育を施すといって少女を引き取りながら、その少女と性的関係をもつ譲治のふるまいには、『源氏物語』的な物語の引用ばかりではなく、「福知山の女学校長が、女生徒に在るまじい関係を結んだために、世間の騒ぎを惹き起しました」（千葉亀雄「女性と職業問題」『女性』一九二四年五月）と当時のメディアで問題化された女学校教育をめぐるスキャンダル、福知山事件の影が見え隠れする(14)。

女性が労働することは貞操喪失の危機と直結し、教育を受けることにも同じような危険がはらまれている。女の身体は常に危険と隣り合っているが、当時の誌面のなかには、体力を鍛え、強い肉体を手に入れることであたかもトラブルを避けることができるような幻想が構成されている。こうした情報を総合するかのように、カフェの女給から、譲治によって教育を受ける立場へと移り、強い身体を手に入れるナオミの姿からは、トラブルを吸引しながら攪乱する女性身体が浮き彫りになるだろう。

はじめ、譲治に支配されていたナオミだが、権力関係は次第に入れ替わり、ナオミの魅力にあらがえなくなった譲治は彼女の要求に従わざるをえなくなる。ナオミを恋して破れた男は、「まるでみんなが慰み物にしてゐるんで、とても口に出来ないやうなヒドイ仇名さへ附いてゐるんです。あなたは今まで、知らない間にどれほど恥を掻かされてゐるか分りやしません」と譲治に告げる（『痴人の愛』二十二）。複数の男たちと次々に性的な関係をもつナオミを非難していた譲治は、最終的にはそのことさえ受け容れた上で、ナオミに支配されていく。つまり、ファム・ファタールに変貌することで性的に主体化したナオミは、自らの意思や欲望を体現するように複数の男性たちと性的に関わり、貞操の価値を無効化していくのである。

だが、この力関係の逆転は、オリエンタリズムの観点から考えてみると、見かけほど単純ではないことがわかる。「混血児」のようだと形容されるナオミの肌は、西洋人ではないのに西洋人のような白さを備え、それゆえに、皮膚の「白さ」が終始強調されている[15]。しかしながらその肌は、いつでも白いというわけではなく、「その肌の色が日によつて黄色く見えたり白く見えたりする」(十三)。ナオミと譲治にダンスを教える西洋人、シュレムスカヤ夫人と比較されるとき、「西洋人の手のやうに白い」と褒められていたはずのナオミの手は、「白いやうでもナオミの白さは冴えてゐない、いや、一旦此の手を見たあとではどす黒くさへ思われます」(九)と叙述されている。

ナオミの肌は、西洋人の白さとの比較によって欠如を刻印される。このとき、西洋と非西洋とを人種的に対比させ、肌の白さという人種的特徴に価値を与えるオリエンタリズムの力学が作動しているのであり、オリエンタリズムの差別を前提とした上で、白くもなり、黄色くも黒くもなるナオミの、西洋と非西洋との間を行き来する混血的な肌の振れ幅は、逆転の運動の原動力となり、ナオミを礼賛する原点でありながら、蔑む根拠ともなるのである[16]。

西洋人のシュレムスカヤ夫人だけではなく、上流階級の婦人たちとの比較においても同様に、譲治は「社会の上層に生れた者とさうでない者との間には、争はれない品格の相違」(四)があるとわざわざ指摘する。ナオミは譲治によって美しさや貴さを賛美されながらも、スタンダードな価値のなかで、瑕疵のあることが強調されているというわけだ。

価値の逆転のさなかに刻まれた負の傷は、ナオミが生きる物語に含まれた、虚偽の指標である。

そもそもナオミは西洋人ではなく、混血児でさえない。ナオミの肌は、あくまでも譲治の言葉がもった比喩の力によって、輝きも傷つきもするのである。

4　不潔な白

劣性や欠如を宿しながら二極構造を回転させるナオミの皮膚は、語り手の欲望と交わる地点で、その表象の論理を露わにする。「私」がナオミの肌に接触する瞬間は、何よりも、「洗う」行為によって表層化している。行水の折、「私」がバスマットや西洋風呂を据え、スポンジを使って洗うという行為が幾度となく再現されるが、「私」によって清潔に清められるそのナオミの体の表皮は、同時に、汗をかき、垢のたまった、脂の匂いが悪臭として鼻をつくような、非常に不潔なものとしても描出されている。

不潔な匂いは譲治の愛着の対象であると同時に、忌避の根拠ともなっている。[17]「脱いだものは脱ぎツ放し、喰べたものは喰べツ放し」で「垢じみた肌着や湯文字だのが、いつ行つて見てもそこらに放り出してある」ので「部屋へ這入るとさう云ふ場所に特有な、むうツと鼻を衝くやうな臭いがする」（九）。「ナオミの肌や着物にこびりついてゐる甘い香と汗の匂とが、発酵したやうに籠つてゐる」（十二）。「めつたに洗濯をしたことがなく、おまけに彼女はそれを素肌へ纏ふのが癖でしたから、どれも大概は垢じみてゐました」（五）。だからこそ、ナオミの肌の「白さ」は「真つ昼間の、隈なく明るい「白さ」とは違つて、汚れた、きたない、垢だらけな布団の中の、云はゞ襤褸《ぼろ》に包まれた「白さ」にほかならない（十三）。「彼女の肌の臭」は、「私」によって、「不秩序、放埒、荒色の匂」と定義されていく（二十四）。

肌の匂いの両義性は、譲治がナオミに対して抱く、愛着と憎しみ、崇拝と軽蔑の両義的感触とも呼応していようし、シュレムスカヤ夫人の「腋臭《わきが》」を媒介に、白さの価値とも響きあう。彼女の白い肌の「不潔」には、混血的なナオミが象徴するテクストの二極性が折りたたまれているのだ。

さて、この「不潔」への愛着と忌避を帝国主義の論理と対照させてみるならば、西洋人の身体から発せられた「腋臭」と連接させられることによって、ナオミの「不潔」が人種、ジェンダー、階級をめぐる論理に亀裂を走らせていることに気づく。不潔と清潔という二項対立は、明らかに、未開と文明、野蛮な自然と衛生的な文化、といった秩序に対応し、人種や階級、ジェンダーをめぐる劣性を有徴化する指標として機能しているのであり[18]、不潔でありながら白く、そのことによって西洋化したポジションを占めることになるナオミは、明らかに言説秩序を攪乱しているのだ。ここには、負の価値によって有標化されていたものが、肯定的な価値に転じるという倒錯が生じている。

この倒錯には、二つの問題が付随している。一つは、『痴人の愛』のジェンダー構造を検証した生方智子が指摘した、語り手の態度である。「譲治はシュレムスカヤ夫人に接触すると、病的なまでに自らの身体を意識し、自己の身体を不快に感じる」のだが、「ナオミの身体に向かい合う譲治の身体は決して語られない[19]」。シュレムスカヤ夫人の肌を前にした「私」は、「真っ黒な私の顔が彼女の肌に触れないやうに」遠慮し、「自分の息が臭くはなからうか、このにちやにちやした脂ツ手が不快を与へはしなからうかと、そんな事ばかり」を気にかけているのだが（九）、ナオミに対して自分の匂いを気にする素振りは一切認められない。ナオミは「あたし酒飲みは大嫌ひさ、口が臭くつて！」と言うくせに（十）、その言葉を裏切るように「酒の匂」を「ぷん〳〵」させて譲治から罵られる（十五）。一方、譲治が酒を飲む場面はいくつもある。だが、譲治は自らの酒臭さについては語らない。

もう一つの問題は、語り手がほどこした隠微な操作に関わるもので、テクスト上に、言語化される項目と、語られずに不可視にされる項目とが設けられていることだ。

『痴人の愛』は語り手「私」が現在時から過去を振り返るという形式をもっており、物語内部の「私」と、すべてを知る現在の「私」は同一人物でありながら、二つに区分されている。そこに「語り手の詐術」があるのだが[20]、問題は、物語の最終地点、すなわちすべてを経験し終わった譲治の現在時に近づくにつれ、ナオミの肌と匂いから「不潔」の要素が消去されていくことである。物語の終盤で、ナオミと別れた「私」が、久方ぶりに家に戻ってきたナオミを目にしたとき、彼女の姿は次のように描かれている。

私はさつき、彼女が此処へ這入つて来た時、早くも彼女の服装に注意したのですが、それは見覚えのない銘仙の衣類で、而も毎日それればかり着てゐたものか、襟垢が附いて、膝が出て、よれよれになつてゐるのでした。彼女は帯を解いてしまふと、その薄汚い銘仙を脱いで、此れも汚いメリンスの長襦袢一つになりました。（二十四）

このとき、彼女は「襟垢が附いて、膝がでて、よれよれになつた」「薄汚い銘仙」の下に、「汚いメリンスの長襦袢」を身につけていた。ところが、数日後に再び現われたナオミは、私が「何処かの知らない西洋人」と見紛うほど、「いくら視詰めても全く生地の皮膚のやう」な「肌の色の恐ろしい白さ」を身に纏っている。

兎に角今迄のナオミには、いくら拭つても拭ひきれない過去の汚点がその肉体に滲み着いてゐた。然るに今夜のナオミを見るとそれらの汚点は天使のやうな純白な肌に消されてしまつて、思い出すさへ忌まはしいやうな気がしたものが、今はあべこべに、その指先に触れるだけでも勿体ないやうな感じがする。——此れは一体夢でせうか？　さうでなければナオミはどうして、何処からそんな魔法を授かり、妖術を覚えて来たのでせうか？　二三日前にはあの薄汚い銘仙の着物を着てゐた彼女が、………（二十五）

このとき譲治は立ち去るナオミの身体に、シュレムスカヤ夫人と同じ香水の匂いを嗅ぎとり、「うすれて行く匂を、幻を趁《お》ふやうに鋭い嗅覚で」追いかける（二十五）。「夫人の体」に感じた「一種の甘い匂」は、「私」によって、「西洋人には腋臭が多いさうですから、夫人も多分さうだつたに違ひなく、それを消すために始終注意して香水をつけてゐたのでせうが、しかし私にはその香水と腋臭との交つた、甘酸ツぱいやうなほのかな匂が、決して厭でなかつたばかりか、常に云ひ知れぬ蠱惑でした」（九）と述懐されていた。だが、譲治は立ち去るナオミに感じたその匂いを、香水と腋臭の混ざった匂いとも、甘さと不潔さが入り交じった匂いとも語らない。つまり、終盤のこの場面で、譲治はあれだけ強調してきたはずの「不潔」「悪臭」を、あえて書き落としているのだ。

再会したナオミの肌は、「二三日前のあの薄汚い銘仙の着物」とはっきり対比されているのに、このあと譲治が強調するのは、「湿り気を帯びて生温かく、人間の肺から出たとは思へない、甘い花のやうな薫り」や「内臓までも普通の女と違つてゐるのぢやないか知らん」と思われる「なまめかしい匂」(二十六)ばかりである。最終的にナオミと復縁したのちの譲治は、一切彼女の肌の「不潔」に言い及ばなくなり、それが可視化される機会は訪れない。

5　帝国主義の背理

混血児と形容され、瑕疵のある白さをもったナオミの肌の匂いは、実のところ、日本的な帝国主義の背理を表象しているといってよい。

はじめ被支配の位置にあったナオミが、西洋的、帝国的な価値を身につけ、支配する側に逆転するという物語展開に説得力を与えているのは、ナオミの肌に強調される「不潔」のファクターである。見てきたように、ナオミの肌の「不潔」と「白さ」は、帝国主義やオリエンタリズムの論理における、不潔と清潔、野蛮と文明という二項対立を狂わせる装置にほかならない。その「不潔」な「白さ」は、西洋人の「腋臭」と結合した上で、ナオミの身体に西洋人の身体に等しい価値を与える。香水の香りと混じりあった不潔な匂いは、矛盾した両義性のなかで、倒錯や逆転の生じる可能性を獲得するのだ。

他方でナオミの「不潔」は、譲治自身の身体の不快を非可視化する効果をもっている。男の身体を消去してくれるナオミの肌の不潔な白は、欠点でもあり、その矛盾によって西洋化／帝国化を実現する鍵でもあるという両義的な価値をもつ。劣位にあるものが逆転して優位に転じたのち、逆転の運動の鍵となっていた「不潔」というファクターそれ自体は記述されなくなり、不可視にされていく。

物語時間を巻き戻してみればすぐさま立ち現われるのだから、「不潔」の記号は、語り手にとっての不都合をとりあえずは不可視にしつつも、それが目に見えない領域にたしかに存在していることを映し出す装置となっていることがわかる。現在の視界から削除された「不潔」は、過去の空間においてのみ可視化され、現在のなかからは忘却されていく[21]。

混血的な場としてのナオミの身体は、「不潔」がもたらす攪乱性を併せもち、その表象のレベルで、あらゆる反転がおこりうるという可能性を浮上させる。物語時間の最終的な審級で、ナオミが階級や人種、ジェンダーの価値体系を転覆させたポジションを獲得していると読めるのは、そのためである。だが同時に、その同じ構造において、まったく逆の解釈も成立するだろう。ナオミの位置は譲治の経済力によって保証されている以上、根本的に上下関係は移動していない、ナオミの優位は擬似的なものにすぎず、年を経て美が衰えたならばいつかは破滅せざるをえない、といったように。二極化する結末は、メディアで展開されていた「混血児物語」の枠組みにも共通しているといえる。
ナオミが体験する逆転の運動の背後には、西洋から植民地化される危機を切り抜けた、日本の帝国主義、ナショナリズムの形が透けて見える。西洋ではない日本は、帝国としての論理的ポジションを手に入れるため、周辺アジア諸国を日本より劣った東洋と見立てて下位区分化し、他者化して差別することにより、西洋により近い日本を表象しようとした。日本的オリエンタリズムの論理である。

だがその一方で、劣位に置かれる側はつねに、逆転の力学を欲望するものだ。西洋に対峙し、既存のオリエンタリズムの構図を転覆する論理的な必要性もあったのであり、日本のナショナリズムはその意味で、逆転の論理を必要としていたということになる。しかしながら、逆転が完遂されてしまうと、不都合が生じざるをえない。帝国と植民地の関係が逆転することは、大日本帝国が一方で拠っていたオリエンタリズムと帝国主義を転覆してしまうことになるのだから。

ナオミの肌にみられる、既存の価値体系を転覆する可能性は、この矛盾を表象している。逆転の自由を許容しているようにみえるが、その実、逆転の運動は、表面からは見えない場所に、女というマイノリティの欠如や劣性を内在させている。「不潔」のイメージは、ナオミを「共有物」とみなしていた男たちの間でひそかに囁かれていた「とても口に出来ないやうなヒドイ仇名」、「あの女の秘密」と結びついている。「蔭ぢやあみんな、仇名でばかり」呼んでいたと、繰り返し話題にされる秘密のその「仇名」は、テクスト上には具体的に書かれずにあり、「不潔」の記号同様、認識しようとすればできるが表層化されない、いわば伏字的死角にほかならないのである。

不可視の場所に埋め込まれた「不潔」という負の傷は、輝かしく華やかな逆転の蔭にその痕跡を留めている。ナオミの「不潔」は、伏字的死角に存在し、たとえ現在からは見えなくても、消滅はしないのだ。

逆転や反転を含んだ物語は、マイノリティの側、被支配の側にとっていつでも魅力的である。しかしながら、逆転や反転によって二元構造が保たれてしまうならば、結局のところ、もう一度逆転が起こって元通りの世界が訪れるという可能性がつねに約束されてしまう。『痴人の愛』が描き出すのは、帝国としての日本が欲望した図式に通じる、このような逆転の反復性である。逆転の運動は何度でもきれいに反復され、そして反転した世界は、元の世界を裏返した似姿にすぎない。だとすれば、逆説的に、もとの規範の骨格は強化されることになるだろう。反転した世界は、秩序と規範を基準にして生成した、副次的世界にすぎないからだ。

華やかな逆転の物語は、二元構造に基づいた不変の序列を隠しもっている。『痴人の愛』の場合、逆転の力学の蔭には、ナオミの「不潔」が象徴する負性が隠されている。それに気づかずに逆転の物語に目を奪われる読者の視線からは、伏字的死角の感性が生成されてしまうだろう。

ジュディス・バトラーは『ジェンダー・トラブル』のなかで、不断の反復によって自らを増大させようとする権力や法に対し、反復をやめさせるのではなく、攪乱的な反復によって異和や疑問を生じさせることにこそ、偶発的な可能性があることを説いた[22]。この小説を譲治によるマゾヒズムの完成とみること、ナオミというファム・ファタールの勝利と読むことは、逆転の運動に寄り添ってもとの規範を補強する行為に成り果ててしまう。そうではなく、逆転の蔭に作られる死角を疑問視し、問題化するとき、批評の行為遂行的《パフォーマティヴ》な地平が立ち現われるはずだ。

ファム・ファタールのセクシュアリティを男たちが語るとき、その声は読者に、伏字的な死角に閉じ込められた他者から目を背けることを促す。一方、ファム・ファタールの身体は、他者を隠すことのできる伏字的死角を表象し、代行するステレオタイプである。したがって、伏字的死角を認識するためには、錯覚される逆転から離れて、物語を考察する視点が必要となる。

第七章　帝国の養女

1　帝国主義と死角

本章では、帝国主義的な視線を物語に引用し、高度なかたちで編成した徳田秋聲『あらくれ』（一九一五年）[1]を中心に、帝国主義と視線や死角の問題を論じることとする。前章で指摘した、逆転の蔭に作られる伏字的死角について、帝国主義との関わりからさらに議論を展開してみたい。

徳田秋聲の文体に時間叙述の曖昧さや錯綜があるという指摘は数多く[2]、物語内に書き込まれた戦争や博覧会といった出来事を、歴史的に特定することが難しいとされてきた[3]。秋聲作品の特質として、錯綜する時間表現によってテクスト内の具体性が消去され、読者に小説と現実との交点が伝わりにくい構造があるといえるだろう。

だが、エドワード・サイードが小説と帝国主義とのわかちがたい相互補完、相互依存の関係を細部の読解によって実証してみせたように[4]、小説の細部を読解しながら、小説に編み込まれた帝国主義とその同時代的論理を考察することはできる。

主人公のお島の一八歳から二五歳までの足跡を描く『あらくれ』は、日露戦争（一九〇四―〇五年）をはさむ時期を物語の舞台時間としているのだが、(5)作品が執筆され、発表された一九一〇年代には、『青鞜』の女性たちが世の中から注目され、「新しい女」にかかわる論議が浮上することもあって、研究史のなかではお島が「新しい女」かどうかという点が早くから論じられてきた。(6)

たしかに、波乱に満ちたお島の生涯は力強く、女性の経済的な自立を目指した「新しい女」と重なる要素には事欠かないといえるかもしれない。生みの母から疎まれ、お島は七歳の時、紙漉場《かみすきば》を営む養家に出され、跡取りの養女として育てられた。だが、養い親の望んだ縁談を拒絶し、養家を出ることを選ぶ。翌年、鑵詰屋の鶴さんと結婚するものの、鶴さんの女性関係、戸籍をめぐるトラブルや流産が重なり、結婚生活は破綻する。そののち、兄に誘われ、Sという田舎町で植木業を始めるが失敗し、浜屋という旅館の主人と親しくなる。だが、お島の近状を聞き知って激怒した父により、東京に連れ戻される。

東京に戻った後、伯母の家で仕立物の手伝いをするうちに、裁縫師の小野田と知り合い、やがて二人で洋服店を始めるが、無精で出世運のない小野田との間に喧嘩が絶えず、性の不一致にも苦悩することになる。お島はS町を訪れ、浜屋の主人に再会しようとするが、すでに事故死していたことを知る。その帰り道、温泉場に寄ったお島は、若い職人と住み込みの小僧順吉を呼び寄せ、職人と新しい店を始めることをほのめかすのだった。

このように梗概をたどってみると、ヒロインが養われる不安定な境遇を嫌い、成長していく過程には、自分の働きによって生活を成り立たせようと努力する彼女の意思が反映している。

だが、本章で注目したいのは、女性主人公が成長する話形を支える小説の細部であり、その細部が帝国の論理を基調として構成されていることである。お島の生きた明治という時代と、「新しい女」を知る読者がいた大正という時代の二重性には、明治期に成立した国民国家の物語や帝国主義の論理が、大正期にどのように変奏されていったのか、その軌跡が見取られる。当時のメディア言説とも関わらせ、帝国主義の視線と伏字的死角について論じていきたい。

2　博覧会と消費する視線

『あらくれ』には、博覧会の記述がある。作中の博覧会は、一九〇七（明治四〇）年の東京勧業博覧会に相当するが、「長篇連載の前年に上野公園で開かれた東京大正博覧会と、半ば重ねられているところがある」(7)のは確かだろう。明治・大正期の博覧会は、百貨店との文化的連続性をもち、百貨店の提供したウインドー・ショッピングは、近代という時代の、新しい視線を編成することになった。したがって、お島が小野田と構えた店のガラスを入れた飾り窓、すなわちショーウインドーは、百貨店や博覧会が生んだ新しい視線に敏感に反応したものだといえる。

田島奈都子によれば、ショーウインドーの花形的存在はマネキンであり、その起源には、一九〇〇年に上野で開かれた第三回内国勧業博覧会があったという。そのマネキンの系譜には、仏師の製作した、見せ物小屋に供される「生き人形」があり、その形態の猥褻さが、百貨店におけるマネキン否定論になったという指摘は興味深い(8)。明治前期の内国博覧会では、しばしば見世物的な出品があり、それは矯正の対象として扱われたが、明治三〇年代以降にはむしろ見世物的な要素も博覧会に取り入れようとする動きがあった。(9) だとすれば、マネキンは、前近代的で猥褻な性のイメージと、近代の新しさや清潔さにつながるイメージとを二つながら背負った、象徴的な記号だと見ることもできるだろう。

加えて、女性的な欲望の成立という観点から、マネキンとショーウインドーに「商品を〈見る〉という主体的体験と、〈見られる〉または〈買わされる〉受動性を何の矛盾もなく繋いでしまう」という効果を見た小平麻衣子の考察を参照するなら、(10) マネキンという記号は、矛盾を含みながらもそれを近代的な論理として成り立たせる装置にほかならず、見る／見られるという視線の向きの二重性の奥に、性的なイメージが附随していたということになるだろう。

このような視線の問題を集約するのが、お島の洋装をめぐる叙述である。「博覧会の賑い」に便乗して引っ越し、ガラスの飾り窓など洋風の店構えを設けたお島と小野田は、店の広告のため、女の洋装という視覚的効果を演出する。お島は、「女唐服《めとうふく》」（洋服）を着て学校へ入り込み、広告塔として活躍するのだ。「小野田はその妻や娘を売物にすることを能く知つてゐる、思附のある興行師か何ぞのやうな自分の計劃」で「自信のある目を輝かしてゐた」という叙述からは、博覧会における見世物的出品の興行師のイメージが喚起される（『あらくれ』一〇一）。このお島の洋装は、住み込みの職人から「布哇《ハワイ》あたりから帰つて来た手品師くらゐには踏めますぜ」と言われるなど、過剰さをはらんだものとして徴づけられるのだ。

奇抜な洋装によって有標化されたお島は、当時の博覧会で見世物的に出品された「美人島旅行館」との隣接性を色濃く示している。

其の芳紀十八より二十二までの美人を各窟に配置し。公衆の注視指点を促し。且つ水中に裸体美人を立たしめ。微笑しつつ人を招かしむるといふ内容に至りては。果して厳粛なる意義を保持し得る乎。興業主は最新理化学の智識を応用し。奇々怪々の光景を一館内に展開するを以て目的とし。美人は主体にあらずと称すべしと雖も。已に美人島の名を掲げて公衆の注意を惹き。美人を開会前に自動車に載せて各新聞社を訪問せしめ容顔の実示を為したるが如き。専ら少年者を誘致するの策に外ならず。

（山下重民「東京大正博覧会に就て」『風俗画報』一九一四年五月五日）

要するにこの記事は、館内にて「最新理化学の智識」の応用を「美人」の展示を借りて示すという「美人島旅行館」の目論見を説明して、その見世物的な傾向を非難しているわけだが、同じ号の『風俗画報』では、東京大正博覧会でエスカレーターと並び最も注目を浴びた余興の「美人島旅行館」のプログラムについて、「鬼気人を襲ふ幽霊美人」、「大蛇に変ず」る美人、「稀世の怪美人」、「稀代の妖婦」などの各種の「美人」が、いかがわしく演出された雰囲気を伝えている（「随感隋録」）。また、『東京朝日新聞』では、「美人島開館」について、「押され押されて這入つて行くと、出雲美人、蛇体美人、無体美人などと云ふ各種の美人が檻の奥深く見える。停まり停まつて出口まで進むと、見物の批評がこうだ、「こんな苦しい思いをして見るより、吉原の張店を素見《ひやか》した方が余程増しだ」と。まさに適評であらう」といった評言が見られ（一九一四年三月二一日）、これら見世物的に「檻」のなかに飾られた美人が、性的商品として価値づけられていたことがわかる。

つまりこの博覧会では、「変わった美人」が観客を招く手段として、広告にもなり商品にもなり、記号としてのマネキンに等しい存在にされているのだ。

『あらくれ』では、お島が「女唐服」を着て学校で宣伝をする場面で、お得意や若い学生たちから「どこの西洋美人がやって来たかと思つたら、君か」などと評され、男たちが「不思議な彼女の姿」に視線を注ぐ（一〇二）。すなわち、お島は、小野田に唆《そその》かされ、不思議な美人として、見世物的かつマネキン的な商品となり、広告と化す。洋装するお島は、同時代の博覧会的要素に同調した記号にほかならない。

その博覧会的なまなざしとは、吉見俊哉が論じるように、「人々は、いわば「まなざすこと」と「まなざされること」を同時に教え込まれていくのであって、内国博の会場には、この二重の視線が複雑に交わりながら存在していた」。この複雑な「可視性の反転」を、小説『あらくれ』は分有していたということになる。(11)

他方で、博覧会の時代とは帝国主義の時代にほかならず、「博覧会は、テクノロジーの発展を国家の発展、つまりは帝国の拡張に一体化させ、そのなかに大衆の欲望を包み込んでいった」のだった。(12)「天皇に密接にかかわった行事」であった。(13)東京大正博覧会は、「御即位記念の博覧会」といわれ、「大正博覧会は実に当今御即位の大典を挙げさせ給ふに当り聖寿の万歳をことほぎ奉りそれを記念する意味に於て産業の発展を計らんとするものであつて従来の内国博覧会及び府県主催博覧会とは性質が違ふのである」とされた（「祝大正博覧会」『読売新聞』一九一四年三月二〇日）。天皇を言祝ぎ、天皇の視線が眺めるに値するテクノロジーや商品が陳列された場所が、大衆の欲望をはぐくみ、消費する視線を構築していったのである。

お島の成長という物語には、このような博覧会的なまなざしを獲得するプロセスが重ねられている。物語の前半部で、お島は養家の要求する結婚を拒絶するが、それは安定した財産を放棄することに等しい。つまり、はじめは稀薄であった消費の欲望や金銭所有の欲望が、物語が進み行くのにつれて増大していくのである。

小野田と夫婦関係になり、「不思議」な「美人」と形容される後半部のお島には、見世物的で猥褻な性をイメージさせる「美人島旅行館」の美人との並行関係があり、ショーウインドーのなかの見る／見られるマネキンの鏡像である女性の、矛盾を含んだ位置が与えられている。マネキンの象徴性を仲立ちとしつつ、彼女は、帝国主義の欲望が生みだす、まなざすこととまなざされることを同時に学ぶ博覧会の視線を獲得していくのである。

3　視界を曇らせるもの

『あらくれ』には、お島が小野田と出会うあたりを境に、ある種の変化や断絶がある(14)。お島の成長にあわせて先鋭化する博覧会的な視線を詳細に分析するためには、物語後半部の主題となる、お島と小野田との関係に焦点を当てながら、目の描写や表象に留意する必要があるだろう。

物語の前半では、「天性《うまれつき》目性の好くない」お島の目の悪さが幾度か話題にされるのだが、物語後半になると一切言及されなくなる。そのかわりに、居眠りする小野田を苛立たしげに眺めるお島に対して、職人が「上さんは感心に目の堅い方ですね」と口を利く場面に象徴されるように、眠くならない目の性質をもつお島と、始終居眠りをする小野田とが、対照的に描き出されていくのだ。

　このお島の目は、繰り返し、涙を流すものとして描写されている。お島は物語の冒頭から泣いてばかりなのである。[15] 養家の要求する結婚を忌避するお島は「漸《やつ》と目に入染《にじ》んでゐる涙を拭」き、「太《ふ》てたやうな顔をして」、「曇《うる》んだ目色《めつき》をして、黙つてゐた」（一六）。鶴さんとの夫婦喧嘩の場面では、「お島は涙ぐんだ面を背向《そむ》け」、「可悔《くやし》さうにぼろ〳〵涙を流してゐた」（三七）。あるいは、山のS町で、浜屋の主人とはじめて関係をもってしまったお島が湯殿に行くとき、お島は「目が涙に曇つて、そこに溢れ流れてゐる噴井《ふきゐ》の水もみえなかつた」（五四）。父親が山にお島を迎えに来るくだりでは、自殺を考えて山の奥深くに入ったお島が連れ戻される際、「目が時々涙に曇つて、足下が見えなくなつた」（六〇）。

　こうした叙述からは、涙が流れる、涙が目に滲むということは、視界が曇ってものがよく見えなくなるという視線の特質につながっていると読まれる。

　ところが、涙ぐむ瞳は物語の後半、大きく変質する。

　お島はのろくさい其の居眠姿が癪にさはつて来ると、そこにあつた大きな型定規のやうな木片を取つて、縮毛のいぢ〳〵したやうな頭顱《あたま》へ投つけないではゐられなかつた。

「こののろま野郎！」
お島は血走つたやうな目一杯に、涙をためて、肉厚な自分の頬桁を、厚い平手で打返さないではおかない小野田に喰つてかゝつた。猛烈な立まはりが、二人のあひだに始まつた。

（六九）

お島は「血走つたやうな目一杯に、涙をためて」いる。涙を流す目は、「血走る」「充血する」と、血のイメージに連結していることがわかる。これに類する表現は、「充血した目に、涙がにじみ出てゐた」（一〇六）、「彼女の血走つた目に異常な衝動を与へた」（一〇八）など、他にいくつも列挙できるのだが、充血した目は、物語の前半部にあっては一つとして見あたらない。さらにいえば、「充血したやうな目をして寝てゐた」お島が、小野田の方を向き「赭く淀み曇《うる》んだ目を見据ゑてゐた」のが、「月経時の女の躯」という表現と接近した箇所にあったり、「自分か小野田かに生理的の欠陥があるのではないかとの疑ひ」といった表現がさしはさまれたり（七三）、「野獣のやうな彼女の体に抑へることが出来ない狂暴の血が焦《や》けたゞれたやうに渦をまいてゐた」（一〇八）と記述されている。つまり、目の充血は明らかに、お島の身体を流れる血の比喩ともなっている。お島の身体描写が、いわゆる婦人病、「血の道子宮病」をめぐる表象システムと連結させられたものであることは瞭然であろう。

お島の充血した目は、多くは小野田との諍いの場面のなかに現われてくる。兇暴なお島が、小野田に水をかけて家を水浸しにするなど、水のイメージが強調されたり、争いの後、性的な行為が暗示されたりなど、水、涙、血と、女性のセクシュアリティとが親和した表象体系のあることを読み取るのはたやすい。お島の「体中が脹れふさがつてゐるやうな痛み」は、性の不一致がいわれる小野田と結びついており、月経時の不調としてあらわれるお島の「血の道」は、小説の前半で、鶴さんや浜屋との性的関係においては不在である。それが、後半部になって、いつでも眠たげな小野田とセットになる形で表示されるのだ。

涙と血が接続されるという表象上の論理は、小野田とお島のジェンダー関係と密接に関わっている。小野田の居眠り姿に立腹したお島が血走った目に涙をたたえる場面は、次のように展開していく。

小野田がのそりと入つて来たときも、静に針を動かしてゐる女の傍に、お島は坐つてゐた。どんよりした目には、こびり着いたやうな涙がまだたまつてゐた。〔…〕

「被服の下請なんか、割にあはないからもう断然止めだ。そして明朝から註文取におあるきなさい。」

お島は「ふむ」と鼻であしらつてゐたが、女の註文取といふ小野田の思ひつきに、心が動かずにはゐなかつた。

「そしてお前には外で活動してもらつて、己《おれ》は内をやる。さうしたら或は成立つて行くかも知れない。」（七〇）

お島と小野田の間には、規範的なジェンダー関係の逆転が生じている。女は内、男は外、というジェンダーによる性別役割分担が、お島が「女の註文取」になることで逆転するというわけだ。女性の経血のイメージがジェンダーの同一性を脅かす、境界侵犯的なものであるということを念頭におくなら、血と涙という肉体の境界部をめぐるお島の身体表象が、お島と小野田の関係を語り進める物語の展開に影響を及ぼしているととることもできるだろう[16]。

「目」をめぐる表象上のドラマは、ジェンダー構造と交差する。お島の涙は、物語後半で血と結びつき、涙と血の描写がジェンダーの境界を攪乱する契機になるというわけだ。血によって過剰に強調される女性性が、過剰であることによって規範をゆらがせ、ジェンダーの階級を逆転させていく。

目の表象を視力や視界という次元で考えると、眠たげな小野田の視界と、充血するお島の「目の堅さ」とが対置される展開のなかで、お島の視界の曇りを、眠たげに閉じられた小野田が引き受けていくことになる。

つまりヒロインは、視界の曇りを連れ合いに移譲しつつ、博覧会的な帝国主義の視線を手に入れるのだ。見ることと見られること、欲望することと欲望されることが常に反転可能な、逆転の運動性をもった視線の裏に、涙や眠気で曇りがちな、死角のある視界、欠落をはらんだ視線が貼り合わせられる。夫婦の力関係がたえず入れ替わっていくのと同様に、対になった表の視線と裏の視線は、お島の目において反転し続ける。

4　帝国主義と養子

物語の出発点に立ち返ってみると、『あらくれ』には、血縁関係と養子縁組的な関係が鋭く対立する図式があり、[17] ヒロインの人生は家族関係の網の目のなかにあることがわかる。

幼少期からお島は、「自分に深い憎しみを持つてゐる母親の暴《あら》い怒」（一）を自覚しており、血縁関係にある母から、理不尽で過酷な暴力を被っている。ゆえに、お島はむしろ養母に対して親しみを感じながら育つことになる。その養家の財産に関しては、富の根拠として、宿を借りた六部《ろくぶ》（巡礼の僧、聖）に起因する、「不思議な利得」「全然《まるで》作物語《つくりものがたり》にでもありさうな事件」が設定されている（二）。養父母から聞かされた因果と外で聞き知った話の間にある齟齬から、お島は養父母の「秘密」を感知し、後ろ暗い疚しさと裏切りによって自分の幸福に「黒い汚点《しみ》」があると思うに至り（三）、最終的にお島は養家と断絶する道を選ぶ。

他方で、お島の妊娠した際、夫である「鶴さん」が「どうせ私《あつし》には肖《に》てゐまい。さう思つてゐれあ確だ。」（三六）と子どもの父親について疑念を口にする場面があったり、鶴さんの幼なじみ「おゆう」の身ごもった子について、父親は夫以外の男性ではないのかと姑が邪推するなど、疑われる血縁関係というテーマが前景にも背景にも埋め込まれている。[18]

物語展開の上で焦点化されるのはお島と親との関係であるが、お島とその子どもという関係に目を転じてみるならば、順吉という、幼少の頃からお島が目をかけている小僧の存在が浮上してこよう。小さい頃から職人としてお島と小野田が育ててきた順吉は、言うならばお島と擬似的な親子関係を取り結んでいる。控えめで目立たぬ存在でありながら順吉は、お島の視線とただならぬ呼応をしてみせるのだ。次に引用するのは、店の経営をめぐり岐路にたたされたお島が、順吉に対して過剰な思い入れと感傷的な態度を見せる場面である。

含涙《なみだぐ》んだやうな顔をして、それを脊負つて行く順吉のいぢらしい後姿を見送つてゐるお島の目には、涙が入染《にじ》んで来た。
「どうでせう。職人は小い時分から手なづけなくちや駄目だね。順吉だけは、どうか渡職人の風に染ましたくないもんだ。それだけでも私たちは茫然《ぼんやり》しちやゐられない。」（九九）

目に涙を「入染《にじ》」ませるお島と、「含涙《なみだぐ》んだやうな顔」の順吉は、この場面で「涙」を共有し、感応しあっている。「順吉のいぢらしい後姿を見送つてゐるお島」が、その視線で涙ぐみながらとらえるのは、養子としての順吉の姿である。比較したいのは、お島が流産したときの場面であるが、[19]「七月《つき》になるかならぬの胎児が出てしまつたことに気の着いたのは、時を経てからであつた」、「一目もみないで、父親や鶴さんの手で、産児の寺へ送られていつたのは、其晩方であつたが、思ひがけなく体の軽くなつたお島の床についてゐたのは、幾日でもなかつた」（四〇）と、お島の身体感覚も感情も、非常に淡泊で簡単な叙述しかなされない。順吉への対応との温度差は明白である。お島はその子を「一目もみない」のだ。

加えて、小説の末尾では、小野田を捨て、別の職人と組んで新しく自立することを暗示するお島の台詞「あの店を出て、この人に裁《たち》をやつてもらつて、独立《ひとりだち》でやるかも知れないよ」は、「お島は順吉にさうも言つて、この頃考へてゐる自分の企画《もくろみ》をほのめかした」（一一三）と叙述されており、お島の最後の台詞が語られる対象として順吉は特筆されてもいる。

お島の視線が見向きもしないまま失われた実子と、視線を浴びる順吉の後ろ姿。とするならば、自ら養女としての養子縁組関係にあって挫折したお島が、自分の血を引く子どもを流産し、その一方で順吉との養子縁組的な関係は保たれるといった物語の稜線は、目の表象と重要な接点をもつだろう。

「養子」について当時の文脈を参照するなら、韓国併合後の大正期の大日本帝国にあっては、「血縁関係になくとも家族の一員であるもの、すなわち「養子」こそが」「異民族を含んでいても家族国家観を維持し、「国体を拡大」する論理であった」のであり、「養子」は植民地主義を論理的に語るためのキーワードにほかならなかった[20]。大正期に入ってからのこうした思想の背景には、「朝鮮の人々に対しての、血族を理由とする同化か、それによらない実質的な支配か」という対置がある[21]。養子縁組的な関係には、帝国と植民地の擬態の関係が読み取られなければならないのだ[22]。

朝鮮をめぐるメディア状況を併慮するなら、明治中期までは朝鮮王妃を物語の主人公として注目していたという文脈が、併合の前後にかけて変化する。人々の関心は、日本への留学という名目で人質的な扱いを受けていた「大韓帝国の皇太子」へと大きく傾いていく。メディアの時空では、王妃によって女性ジェンダー化した朝鮮を日本が救い、正しい方向に導くという物語ではなく、韓国の皇太子が大日本帝国の天皇の養子となるという物語が欲望され、そのプロセスで、朝鮮を意味づけるジェンダー構造が女から男へと反転する、という布置の変化が起こった。韓国皇太子を象徴的な記号として、日本と、植民地・朝鮮とが養子縁組関係を結ぶ、という、帝国主義の論理が新たに出現したのである。[23]

したがって、『あらくれ』における養子的関係の論理には、帝国主義の論理と並行する力が働いていると見なければなるまい。

内藤寿子が「〈民衆〉の動きをふまえて『あらくれ』をみるとき、この物語には近代社会の矛盾が散りばめられているにもかかわらず、それらを通り過ぎていくお島の姿に気がつく」と批判するように、養家の近隣では製紙工場の乱立によって公害問題が起こっていたはずだという時代背景や、お島の流れていくS町が、足尾銅山の近くであろうに、それらがあっさりと素通りされる『あらくれ』には、民衆の視点を書き込めなかったという限界があるだろう。[24] あるいは、小説内にはお島がアメリカや外国に移住したいと夢想する場面が一度書き込まれているが、こうした設定もまた、高榮蘭が「殖民・移住・移民」の概念を入り混じらせた当時の移民言説が「「平和的」日本膨張」という植民地主義の一つの形態であると喝破したことを考えあわせるなら、[25] 帝国主義的な時代の構図そのものといわなければならない。

ヒロインの目は、帝国主義の論理を上演しているのである。

5　帝国の養女としてのヒロイン

論点を整理しよう。帝国主義の論理という観点からすると、お島が養家に提示された「結婚」を拒絶することで、養女として養家との養子縁組関係を破綻させたことは、帝国主義的な枠組みへの反発を意味することになる。彼女が養家の富をめぐって、「黒い汚点《しみ》」のような疚しさを感じ、金銭を必要とする者たちに気前よく金や品物をくれてやり、富を再配分しようとする姿の背景には、帝国が植民地を獲得しようとした際の、疚しさとの相似関係が読まれよう。

養女のポジションは無効化されるが、お島は、養子的な順吉との関係を最後に選び取ろうとする。つまり、物語の論理として、養子的関係への反発が書き込まれはするものの、血縁関係と養子的関係の対立にあって、つねに養子的関係が上位に位置づけられるということだ。したがって、『あらくれ』は、植民地獲得によって膨張しようとする帝国主義の論理とおおむね並行関係を結んでいるという構図が確認される。

夫婦関係におけるジェンダー規範の逆転に加え、養子の位置がお島から順吉へ、女から男へと逆転することは、お島がジェンダーの階級構造を書き換えていく過程としてとらえられる。すなわち、養女の物語から退場したヒロインが、擬似的な母のポジションから養子的な関係を結び直そうとする物語は、植民地化の力学への抵抗、女性として従属させられる階級構造への抵抗として解釈しうるのだ。帝国主義の論理がジェンダー構造と複合しながら構成されていることから考えれば、成長するお島が自立を志す物語は、差別や排除の構図を攪乱する論理に通じていく。

とはいえ、これまで論じてきたように、逆転が抵抗の物語の完結とはならないことに注意するならば、お島のもたらす攪乱が、帝国的な物語に従属する結果となることは明らかだ。『痴人の愛』における逆転の運動がそうであったのと同様に、逆転しつづける力関係は、秩序の強化に奉仕するものだからである。お島を自立した女性と見ることも、男に利用され搾取される女性と見ることも、物語の運動は許容している。

お島の目が表象する帝国主義の視線は、見ることと見られること、主体化と客体化が同時に生じるという両義性をもっている。この両義性は、つねに反転しうるという点で、反復性をもった逆転の物語と響き合う。さらに、お島の目には、見ることと見えないことの二重性があり、見ることの蔭に、死角を貼り合わせている。したがって、お島の目は、『痴人の愛』と同様、逆転の物語の蔭に死角を含みもった構造を持ち合わせているということになるだろう。

この死角は、物語が両義的で、正反対の意味を読み取りうることから、自由に意味を書き込み、読み取っていい箇所があるという幻想を生み出す。攪乱され、逆転される構造が孕んだ魅力に幻惑されながら、たとえば読者はこの死角となった空白に、「新しい女」という記号を当てはめ、説得力ある意味を補填することもできる。

だが、それはあくまでも限定され、制限された自由であり、暗黙の了解を前提とした自由にほかならない。なぜなら、帝国主義的な視線に内在する死角は、伏字的な空白の論理と響き合っているからである。見えない場所を作り出す伏字は、そこに当てはまる言葉がただ一つであることをほのめかす一方で、暗黙の了解によって、挿入されるべき言葉が完全にわからずとも、伏字含みの文章は理解可能だという幻想を生み出したのであった。逆転の蔭に生じた死角は、この伏字の論理に寄り添いながら、読者が共有できる幻想であるならば何を挿入してもよいというメッセージを発している。

したがって、帝国主義の論理に象られたお島の目の死角は、伏字的な論理と影響しあい、それが死角であることさえ忘れさせる場所と化す。何を挿入したとしても、暗黙の了解は壊れない。したがって、伏字的死角は、暗黙の了解を共有しているのならば見なくてもよい、無視してもよいというメッセージをもったメディアになる。

帝国主義的な視界にひそむ死角、見えない場所が意味するのは、帝国がつねに植民地の現実を見ないで済ませてきたように、何かを見ないで済ませることができる回路そのものにほかならない。流れた胎児を一目も見なかったお島は、母性の物語を異化し、帝国の養女になるのを拒む。その一方で、彼女の死角が、植民地を欲望する物語を生かしているのも明らかだ。お島の目が表象する、植民地の現実を見ない、すなわち他者の現実を見ないですませる伏字的死角は、いまもなお、日本語の基層を支配している。

第八章　壊れた物語

1　物語の不在

物語が機能不全に陥っていることを否定的に見る言説は多い。日本にはもはや物語がない。物語がないと排外主義がはびこってしまう。だから大きな物語が必要だ[1]。こうした論理の延長上には、物語のフレームとしてナショナリズムを別の形で活用すべきだという発想が接続されていく[2]。暴走する悪しきナショナリズムに対抗する、新しいフレームとしてのナショナリズムが必要だという見立てである。

あるいは、憎悪煽動行為に対抗するカウンターの論理のなかに、日本を愛する者として排外主義を許すことはできないのだという、ナショナリズムに基づいた行動論理が存在している場合もあるだろう。ヘイトスピーチが標準化する現状のなかでは、「日本が好きだからこの国にレイシストはいらない」という発想に基づいてカウンター運動に参加するというレベルから、排外主義運動がいかに国益を損なうものかを言説上の戦略として選択するレベルまで、ナショナリズムに対抗するナショナリズムという二元構造は幅広く展開されている。

中谷《なかや》いずみが排外主義的ナショナリズムと復権すべき「別のかたちの」ナショナリズムの二項対立がもつ危険性について批判的に論じているとおり、(3) この矛盾に満ちた二元構図には排除の暴力が内在している。ナショナリズムをはじめとする近代の大きな物語は、そもそも他者としてのマイノリティを必要とする制度にほかならなかった。そのことを封印して、ナショナリズムに拠ってヘイトスピーチを批判するという矛盾は、形骸化したナショナリズムの副産物だ。ナショナリズムの論理が壊れた日本語の環境のなかで、物語としてのナショナリズムをどのように再創造するのかという発想は、出発点にある物語の拘束力に無自覚であり、底のない矛盾を生成することによって、物語の定型が宿す排除の力を延命させてしまうだろう。

問題は、ナショナリズムの物語が不在であることにではなく、仮死の論理を抱いた物語が新たな力学のもとに作動していることにある。壊れた物語がもつ、現代的な呪縛力を測定する必要があるのではないだろうか。

後期近代とも言われる現在において、(4) 近代を成り立たせ、支えてきた装置は疲弊して壊れながらも、引き続き呪縛力を発揮している。本章では、現代小説のなかに現われる、壊れた物語の呪縛力を分析することを通じて、近代的論理のなかに作られた伏字的死角と、現在の無関心との回路を検証していきたい。

2　抵抗が無効化した世界

一見したところ、近代的な制度や規範を問題化するための概念を用いて分析できそうにみえるが、そうすることでリアリティが抜け落ちてしまう現象を、小説の言葉は言説空間のなかに必死に再現しようとしているように思われる。一方には制度に守られたステレオタイプがいまだ量産されているが、他方ではそのステレオタイプが有効ではなくなった一歩先の世界観が示されているのである。

新たな世界の手触りを象徴的に示しているのが、村田沙耶香『タダイマトビラ』（二〇一一年）[5]である。「家族小説」という形容が見受けられもするこの作品は、「家族」というタームの周辺に、壊れた形式の呪縛力を現前化させている。語り手の少女、恵奈は、母に対して諦めきったようにこう語る。

「私にもわかんないもん。私たちだって、たまたまお母さんから出てきただけじゃん。だからって無理にお母さんのこと好きになる必要ないでしょ。お母さんも、私たちがたまたま自分のお腹から出てきたからって、無理することないよ。そんなのって、気持ち悪いもん」

恵奈の母は、「家族」という形式を生きることに「失敗」し、子どもを愛する母という役割を放棄した女性である。娘である恵奈は、家族愛を未だ体験したことのない子どもとして世界を語り始めるわけなのだが、彼女はすでに、母からの愛情を断念している。単純に分析するなら、母も娘も「母性愛」という様式、「家族」という概念装置を近代の遺物として乗り越え、新たな生を選び取っていると言えそうでもある。だが、そう言い切ることは難しい。彼女たちは、家族や家族愛といった形式を完全に退けているわけではないからである。

私は、睡眠欲や食欲と同じように「家族欲」というものが自分にあるのを感じていた。そして、それを自分で処理することにチャレンジした。そして、私はとても上手にそれを始末することに成功した。私にとって「家族欲」は、排便や排尿と大して変わらない単なる生理現象だったのだ。

性の知識が浅かった私は、食欲も睡眠欲もなんでも、欲望を自分で処理することをオナニーというのだと思っていた。だから家族欲を自己処理している自分の行為も、オナニーと呼んだ。

「カゾクヨナニー」に没頭する私とニナオは、抱擁と解放を何度も繰り返しながらだんだんと互いの温度を溶け合わせていった。

恵奈は自分のなかに「家族欲」があることを意識し、その欲望を処理するために「カゾクヨナニー」と彼女の呼ぶ行為に耽り続ける。「事実はどうあれ、普通の家族に包まれて、子供が育つのに必要な愛情が与えられている、というふうに脳を騙すことができれば、実際の親の愛情は必要ない」。「脳さえ騙せば問題ない」。そう語る恵奈は、自室のカーテンに「ニナオ」と名前をつけて擬人化し、ニナオと戯れ、無条件の愛撫を与えられているという妄想にくるまれる。そしていつか「本当の恋」をして結婚すれば、「本当の家族」を獲得できるという信念のもとで、ようやく自分を保っているのだ。

この小説は、表面的にいえば、家族、結婚、恋愛、性、女性の自立、あるいは母と娘の関係、女性による女性嫌悪、母性神話といったテーマや主題のもとで解釈可能である。だが、近代の規範や制度を論じるための概念で分析してしまうと、重要なモチーフを取り逃してしまうことになるだろう。

近代的な装置がすでに壊れてしまっているのに、壊れた「家族」の規範力に主人公は縛られている。すでに実効性を欠いているのに、拘束力だけは保存した形式の残骸が、登場人物を蝕んでいるのだ。近代的な図式がかろうじてあてはまってしまうだけに厄介なのだが、近代を理解するために提出されてきたキーワードや図式を用いて読解すると、現況を理解できたという錯覚が生まれ、その錯覚は壊れてしまった形式を延命させることになるだろう。高校生になった恵奈は、現実の恋愛さえも、カーテンでしかない「ニナオ」が与えてくれる「カゾクヨナニー」の域を超えるものではないと知り、最後には、社会的規則や言語的法則が破壊された世界が現われる。語り手は、壊れていることを徹底して示すことによって、分析概念の見直しを迫るのだ。

家族、恋愛、結婚といった記号が織りなす形式も、形式に付随する役割も、壊れてしまってそれをたどることは不可能だ。にもかかわらず、残骸と成り果てた形式は、近代的空間のなかで上演されてきたのとは別の機能を帯び、息苦しい世界を作る。壊れた形式は、決して到達することのできない不在の「本当」や、内実を伴わない「本物」のイメージを表象し続ける。抵抗しようとしても、宛先にあるその形式は壊れているから、もはや抵抗という行為の力も奪われている。だから、物語を語る主人公にとって、母や家族に抵抗する意味は極めて薄い。「抵抗」が無効化された世界が、そこにはある。『タダイマトビラ』の語り手の視界は、近代の延長線上に現われた、壊れた物語の力学を可視化しているのである。

恋愛や結婚、性に関心のない若者が増え、志向が保守化しているといった現象は、経済状況と関わらせて社会学的に議論されることも多い話題だが[6]、視点を変えれば、物語の形骸から生まれた現象としてとらえられるだろう。

3　男たちの絆

こうした状況は、ホモソーシャルという用語についても共通している。第五章でも触れたとおり、ホモソーシャルとは、家父長制社会において、男性同士の特権的な絆が社会を運営し、その際に女性と同性愛を嫌悪し、排除する力が伴われているという近代的な構造を可視化する重要な概念だが[7]、現在では、男性同士の絆がつねに特権を含んだものとはいいにくい状況があるだろう。

従来どおりのホモソーシャルな男性同士の絆を定型的に描いた物語群に拮抗するようにして、男性を階級的に分断する境界線を叙述した小説のなかでは、傷を受けた男性たちの喪失感が問題化されている。

木村友祐『おかもんめら』（『すばる』二〇一一年二月）の男性主人公は、漁業権放棄で海を追われることになった東京湾の漁師を父にもつ。「持てる人間」の典型である義父と、奪われた側にある父や主人公の対立に、海をめぐる記憶が重ねられている。ラストシーンでは、自らを含む「陸者《おかもん》」の無自覚な態度が東京の海を見殺しにしたのではないかという自問と、メスのフグの猛毒のイメージと、少年時代の喧嘩で傷を受けた「右耳の欠けたところ」が印象的に掛けあわされる。理不尽に奪われたものに対し、父の記憶と、欠如を表わす自分の古傷と、毒とがイメージの上で重ねづけられていく構図は、男性同士の負の絆を象徴しているといえるだろう。

主人公の視線は、理不尽に損なわれ、収奪されているという男たちの意識を起点として、傷を受けた男性同士の間に絆を構成していく。『おかもんめら』に限らず、こうした男同士の負の絆を描く小説の多くで、奪われた既得権益の喪失を嘆く男性たちは、無意識のうちに、女性差別を担保に理不尽さを正当化していくため、負の絆にはジェンダーとセクシュアリティをめぐる排除や差別の論理が保存されている。したがって、彼らの意識を「ホモソーシャル」の用語で批判することは可能である。だが、これらの傷ついた男性たちにとって、その欠如の感覚に潜む死角こそが、破綻した形式に縛られることの意味を象徴していることに注意する必要があるだろう。

死角となった場所には、女性に象徴される他者を排除するという構図が保たれている。しかしながら、傷ついた男たちの喪失感や劣等感は排除の力学にこそ起因するのだから、従来の構図を補強してしまっては、当の男性にとっても不利益にならざるをえない。二重化した逆説的な状況のなか、ホモソーシャルな特権から隔てられた負の絆が、壊れた形式に依存するようにして編成され続けているのだ。

この排除の力学は、壊れた物語の作る死角において、個人としての「わたし」が誰かとつながる関係の回路を切り裂き続けているといってよいだろう。現実に目を転じてみれば、ネット空間を中心に生産される愛国言説を通じ、他者への暴力と排除を原動力にできあがった負の絆についても同じことがいえる。

ここに参照したいのが、二〇一三年に「黒子のバスケ」脅迫事件で逮捕され、のち実刑判決を受けることになった渡邊博史被告が意見陳述として示した文章である。(8) 雑誌『創』の誌面やブログで公開された冒頭意見陳述で、「自分のように人間関係も社会的地位もなく、失うものが何もないから罪を犯すことに心理的抵抗のない人間を「無敵の人」とネットスラングでは表現します。これからの日本社会はこの「無敵の人」が増えこそすれ減りはしません。日本社会はこの「無敵の人」とどう向き合うべきかを真剣に考えるべきです」と記し、この「無敵の人」というキーワードが注目されて反響を呼んだ。

渡邊被告はのちに最終意見陳述で、冒頭意見陳述をすべて撤回するとした上で、「無敵の人」が抱く対人恐怖や対社会的恐怖を除去し、「自己物語を肯定的なものに再編集させた上で」「生き直し」を図らせる必要があること、そのためには「マニュアル的にどの「無敵の人」にも通用する方法論など存在せず、各個人に合わせた方法が必要」であることを述べている。

現在の日本の普通の人たちの多くも、正体不明の生きづらさを抱えているのではないかと思います。その原因は多くの人たちが無意識裡に抱える対人恐怖と対社会恐怖に由来すると思います。〔…〕社会を覆う茫洋とした恐怖の解消方法など自分には見当もつきません。ただ国家の物語がやたら肯定的になっても、それによって自動的に各個人の自己物語が肯定的に書き換えられることはないとだけは断言できます。

「正体不明の生きづらさ」は、「生き直し」の物語が極めて語りにくい状況にあることに拠っているだろうし、「自己物語」を「国家の物語」に同期させても、肯定的に再編集することはできない。自らを「生ける屍」「埒外の民」とカテゴライズし、刑期終了後に自死することを表明している渡邊被告が、マニュアルも方法論もない「各個人」に固有の「生き直し」の物語を想像していることを念頭に、再び、壊れた物語の力学を測定していきたい。

4　平凡なファム・ファタール

さて、呪縛力だけを残した物語の形骸は、ファム・ファタールの物語についても同じような効果を及ぼしている。再生産され続ける魅力的悪女のステレオタイプを尻目に、もはや定型と成り果てたファム・ファタールが平凡な女性に過ぎないことを示してみせたのが、藤野可織『爪と目』（二

○一三年)[9]である。

作者が「平凡な女性の平凡さを描きたいと思って」書いたという小説のヒロイン「あなた」は、三歳の少女の目を通してこんなふうに語られている。[10]

あなたの容姿は、取り立ててすぐれたものではなかった。多少愛嬌があるといった程度だったが、男性の気を惹くにはあなたの持っているだけのものでじゅうぶんだったし、なによりもじゅうぶんだということをあなた自身がよく知っていた。あなたには、男性が自分に向けるほんのほのかな性的関心も、鋭敏に感知する才能があった。しかもそれを、取りこぼさずに拾い集める才能もあった。植木にたかる羽虫を一匹一匹指先で潰すようなものだった。あなたは手に入らないものを強く求めることはせず、手に入るものを淡々と、ただ、手に入るままに得ては手放した。決して面倒くさがらず、また決して無駄な暴走をすることもなかった。それがあなたの恋愛だった。

同性の同僚にとって、「あなた」の容姿はほとんど脅威ではなかったのに、彼女たちの目の前で、男たちは「あなた」に吸い寄せられる。性的規範を逸脱した娼婦のイメージに結びつく振るまいは、女性たちに魔性の魅力として嫌悪されていく。とはいえ、こうした要素はむしろ見えにくく、ヒロイン「あなた」は宿命の女としての輝きを放ってはいない。ヒロインの「恋愛」は、『痴人の愛』のナオミのような過剰な姿からは程遠く、従来のファム・ファタールの物語定型とは重なりをもたないからだ。事実、『爪と目』が芥川賞を受賞した折には「二人称小説」として成功した小説であることが評価のポイントとして喧伝されたし、[11] 藤野可織の小説は「ホラー小説」という文脈で語られ、その点が作風として強調されることも多い。[12]

だが、「あなた」が「手に入」れたのは、性規範が許容した恋愛相手とはいえない、当時三歳であった「わたし」の父である。その「恋愛」との因果は不明だが、「わたし」の母は三歳の娘を残して不可解な事故死を遂げ、「わたし」の父は妻の死後二ヶ月もたたずに「あなた」を家に迎えようとした。現況を聞かされて驚いた「あなたの母親」が「じゃあ不倫してたってことなの」と非難していることに注目してみれば、「あなた」という女はたしかに、妻と娘のいる男を家庭から奪い、男の妻を死に追いやった危険なファム・ファタールだということになるだろう。

ヒロインの「あなた」は、あらゆるものに無関心だという特徴を与えられている。無関心な「あなた」の体験した出来事が、その当時三歳だった「わたし」によって再話的に語られていく。マイノリティである女性が無関心を武器に生き抜こうとする矛盾に満ちた危険を、語り手の少女は明るみに出そうとする。

5 死んだ母と「水の女」

さて、同じ家に暮らすこととなり、擬似的な母と娘の関係になった「わたし」と「あなた」は、水のイメージと乾燥のイメージによって対比されている。実の母に死なれた「わたし」は、「大量の涙」を流す。ベランダで死んでいるのが発見された母の死因は不明だが、窓には内側から鍵がかかっており、事故死として処理されたものの、自死、あるいは「わたし」による過失事故もしくは殺人という可能性も否定できない。母の死後、「わたし」はベランダには絶対に近づかなくなり、ベランダが目に入る場所にも行けなくなる。無理に引っ張ると、大声をあげて「不思議な泣き方」をする。「目を見開いたまま大量の涙を流」すのだ。

それから、わたしは爪を噛むようになった。ベビーシッターから指摘されるまでもなく、父はそれに気付いた。父娘ふたりして黙りこんでいるときには、しょっちゅう、ぴち、ぴち、と爪を噛みきる音がした。私の指先は、唾液のせいで四六時中冷たかった。「やめなさい」と言われるとわたしは指先を口から離したが、またしばらくすると、ぴち、ぴち、と爪に歯を当てた。ときどき、噛みすぎて血を流した。出血すると、指はますます冷たかった。わたしは父がその小さな指先をひったくるように摑み上げるまで、痛がりもせずに湧き出る血を吸い、歯の角度を細かく変えながらいつまでも爪を齧りとった。

唾液と血液によって冷たく濡れた指先が、「大量の涙」と接合する。「わたし」の身体は、水のイメージによって覆われていることがわかる。

一方、「あなた」の身体は冒頭から、コンタクトレンズによって乾燥する目のイメージを強調されている。「あなた」の目は、嵌めたレンズに乾きと痛みを与えられて、水分不足にひりついているのだ。瞳ばかりではなく、書物の頁に触れる指先もまた乾燥のイメージで記述されていく。紙をなぞるうちに、「あなたの指先から水分と油分が失われ、紙がそれを吸い取った」。「あなたの指先」は「すっかりかさついてしまう」。

この目と指先の乾燥は、ヒロインの無関心を象徴している。たとえば「国内で、長く記憶されることになる天災」が起こったとき、「自分の身にも同様の惨事が降り掛かるかもしれない」と考えてみても、「あなた」は動じない。昔の男友だちと関係しても、祖父が死んでも、恋人の妻が死んでも、恐怖も悲しみも「つるつるとあなたの表面を滑って」いくばかりだ。すべての人間関係が失われたとしても、「その悲しみはつるつると滑って、あなたのなかに浸透することはないだろう」。乾燥した表面につつまれた「あなた」には、外からくる恐怖や悲しみが身体に立ち入ることをうまく避けることができる。なぜなら、それは「あなた」と交わることのない、関係のない出来事だから。「あなたの母親」は、「あんたはいつも他人事みたいに。そうやって、いつも自分だけ傷つかないのよね」と口にしたものだったが、乾燥した身体の外廓は、すべてを遠ざけ、出来事や人々を見事なまでに「あなた」からはじき分けてくれる。

何に対しても「無関心」を貫く「あなた」だったが、「わたしの父」から結婚をもちかけられたとき、「小さな子ども」にわずかな関心を向ける。「むかし、犬や猫や小鳥を飼ってみたかった気持ちを思い出し」て、「あなたは父と暮らすことよりも、わたしと暮らすことのほうを楽しみにした」のだった。一緒に暮らすことになった「あなた」と「わたし」の間には、不思議な親和力がはたらくことになる。

二人の空間で、乾いた「あなた」の身体は、唾液と血で潤って冷たくなった「わたし」の指先を乾燥させる。「あなたは、わたしをスナック菓子で手懐《てなず》けた」。「食べ続けていると、爪を噛むことも減った。癖が治りつつあるのではなくて、単に菓子と爪のふたつを同時に食べることができないからだったが」、ひたすら菓子を食べているとき、「わたし」の指先の水分は菓子のくずによって吸収されずにはいないだろう。「あなた」は「わたし」の身体に安定した乾燥を分け与えようとしているのだ。

一見したところ、「安価で不健康な菓子」によって太っていく、「わたし」の「スナック菓子を食べる姿は、わたしが持っているあらゆる未来をあらかじめ食い荒らしているように見え」る。しかし、物語の上で「あなた」が「わたし」に与える荒廃は、表象のレベルでは全く別の効果を生成していることに着意したい。死んだ母のしつけや方針によって、「わたしはおとなしく、従順だった」。驚異的にしつけが行き届いたその姿に、「あなた」からは、「この子は一生こうやっていい子でいるのかな」という視線が向けられる。つまり、家事を完璧にこなし、理想的な女性役割を生きていた「死んだ母」の規範に呪縛されているのが、三歳の「わたし」の身体なのであり、だからこそ「わたし」には、「あなた」の態度が新鮮な世界を運ぶものとして映じたことだろう。おざなりな家事しかしない「あなた」のふるまいを、「わたし」は「熱意を込めて見つめた」のだ。

死んだ母が強制した規範は、むろん、女性ジェンダー化された身体を縛る社会規範を意味しているのだから、その延長には定型的な女性身体との接点が透見されるはずだ。呪われた母の身体、血を流す病んだ女性身体、水に親しみ境界を密閉することのできない女の身体。小さな「わたし」の身体の先端が、血と唾液で濡れて境界を揺らがせている姿からは、女性身体に強制された力が、「水の女」のイメージによって再現される様相が読み取られなければならない。

そもそも、「水の女」のイメージとは、ヨーロッパ十九世紀末の芸術領域において、ファム・ファタールの表象と濃厚に交わるものにほかならなかった。小黒康正によれば、「水の女」の物語とは、水を出自とした女性が、陸に住む男性を誘惑あるいは魅了するというもので、セイレン、メルジーネ（メリュジーヌ）、ウンディーネ、ニンフ、ローレライ、マーメイドなどヨーロッパ文学における水の女の系譜をたどると、古代ギリシア神話までさかのぼることができるという[13]。

世紀末の芸術領域で醸成された女性嫌悪《ミソジニー》の様式について詳らかにしたブラム・ダイクストラは、世紀末の絵画や文学の世界に大量に現われた、欲情し、誘惑のポーズで男たちを捕食するセイレンと人魚の図像は、さながらファム・ファタールのイコノグラフィであったことを指摘しているが[14]、受動的で従順でありながら、浸透性によってすべてを包み、死をもたらす「水の女」たちは、ファム・ファタールの原型と結合して男たちを水の中の死にいざなうのである。

とりわけ日本の近現代の言説領域では、西洋的な「水の女」が世紀末芸術とともに移入されたという経緯もあって、偶発的に接続したファム・ファタールと「水の女」のイメージの結託は、より強調されたものとなった[15]。なかでも、圧倒的な役割を演じたのが、ラファエル前派の画家、J・E・ミレーの「オフィーリア」（一八五一年）である[16]。仰向けに横たわり、川に流されるオフィーリアは、とくに漱石のテクストに引用されたことによって象徴的なイメージを反復的に再現し、「水の女」の肖像を増幅していったといえるだろう[17]。

ヴィクトリア朝の傑作と称されるミレーの「オフィーリア」について、尹相仁《ユンサンイン》はそこに宿命の女／男の犠牲になる女という、相反する二つの女性像が投影されていると論じている[18]。あるいは、母胎や母性を象徴する水を「女性的な死」に相応しい物質であると定義し、水と女を本質主義的に連結したバシュラールは、波にほどかれる長い髪の運動のイメージをもち「涙に溺れる」オフィーリアは、女性の自殺を象徴するものだと分析し、文化的に偏愛されてきたそのイマージュを「オフィーリア・コンプレックス」という語によって記述したが[19]、蛇のように柔軟で、男を惑わす女の長い髪は、女に根源的に内在した脅威でもあり、蔓草のようにまとわりついて男たちをからめとる魔性の女たちの誘惑を象徴する記号にも通じているのだ[20]。水にたゆたう女の髪は、受動的で従順な純粋さと、危険な誘惑という両義性を意味している。

両義性をふくみもった「水の女」は、オフィーリアのイメージを媒介に、ファム・ファタールの積極性さえも、美しい死のなかにからめとる。美しい屍は、眺める者をおびやかさない。水のイメージに浸された女性身体の境界は、彼女自身を不安定な危険で満たしていくからだ。

ミソジニーを背景とした「水の女」の定型を考えるなら、『爪と目』のヒロインが語り手の少女に乾燥を手渡したことの意味は、明らかだろう。「あなた」は、死んだ母の教えから、そして水から離れてみることを「わたし」に提案している。

水をめぐる交渉は、二人の女性の身体表象を媒介にして遂行されている。水分の表象をとおして、「あなた」と「わたし」は変形された「水の女」として類似し同調する。ゆえに、乾くことは、「水の女」のイメージに傷をつけ、いくつもの切断線を書き込む言葉の動作として読まれなければならない。

6　欲望と規範

見てきたように、『爪と目』の物語設定における第一のステージでは、乾燥を手に入れて自由になった「あなた」が、水の女やファム・ファタールの女性イメージに縛られつつある少女に「乾きなさい」というメッセージを手渡すというドラマが上演されていた。

乾燥は、無関心によって身を守るという姿勢を象徴しており、小説のなかでは、コンタクトレンズが社会規範の比喩として機能している。たとえば社会人として仕事に出るのは、「あなた」が積極的に選択していることではないが、「苦痛であっても、慣れなければならない苦痛」である。その苦痛は「眼球の上で少しの乾きと痛みを与え続けるハードコンタクトレンズ」の比喩で表現される。

規範的であることには「少しの乾きと痛み」があって、決して居心地がいいわけではない。だが、規範的な選択肢を「慣れなければならない苦痛」として受け容れるなら、ほどよい安全が保守される。恋愛や結婚、妊娠といった出来事についても同じだ。それに慣れ、規範のもたらすしめつけや負の力を無関心に無視してしまう「あなた」とは、きわめて「平凡」な存在、すなわち世の中のサイレント・マジョリティにほかならないだろう。

「あなた」は、自分の感じる痛みを目の前の出来事から切り離し、単に物理的に感覚されるものとして処理していく。乾いて目が痛むなら、目をつぶってしまえばよい。自分の心が、自分の存在が痛むのではなく、ただレンズに埃が入ったから目が痛いだけなのだ、という態度で自分の現実をやり過ごす。

ところが、物語の第二ステージで、「あなた」は死んだ「わたし」の母の欲望に、いとも簡単に感染してしまうのだ。新しい恋人「古本屋」の指摘によってはじめて、残された家具類が死んだ女の趣味嗜好に統御されていたことに気づいた「あなた」は、それに興味を抱いたところから、女性管理者たちが整えられた住空間をみせびらかし、披露する「ブログの世界」に魅了されてしまう。そしてあるとき、「わたしの母」が管理していたブログにたどりつく。

現在のネット社会では、消費する主体として、見られる客体としての二律背反を抱え込んだ女性的な欲望が[21]、自分のファッションや生活様式を加工し、ネット上で表現するという行為を生み出しているといってよいだろう。「あなた」は、「夢中」になってネットの世界の女性たちに「共感と理解を捧げ」、自分がこれまで「なにに関心を持ち、なにをよろこびとして生きてきたのか」さえ曖昧になるほど、巨大な快楽に引き寄せられていく。

つまり、死んだ母は「あなた」に、女性化された欲望を通じて、規範に従う力学を手渡しているのだ。乾燥に守られたはずのあなたの身体はあっけなく変わる。生活を整えるために掃除や整頓をするようになった「あなた」の変化を、「わたしの父」は「正常な本能」によって「自然に妻として、母として」変化したものだととらえる。変質した「あなた」は、痛みと現実の出来事とを切り離すことができなくなる。ブログを見ながらコンタクトレンズにひっきりなしに目薬をさすとき、

「あなた」が女性ジェンダー化された快楽に依存することと、あなたの目の痛みは直結している。涙で潤った瞳は、乾燥を手放してしまうことになるのだ。

安定していたかにみえる乾燥した無関心は、死んだ母によって浸蝕され、「わたし」もまた、爪を噛み、潤った身体へと立ち戻っていく。水と乾燥の間を行き来しながら「あなた」が出会ったのは、死んだ母の残した文庫本に刻まれた言葉だった。[22]

以前にもやったように、あなたは本を軽くたわませ、小口に親指をかけてすばやくずらした。ページがまた風を起こし、目を乾燥させた。二度、三度とやるうちに、あなたは上端に小さく折り目のついたページがあるのに気付いた。〔…〕
「あんたもちょっと目をつぶってみればいいんだ。かんたんなことさ。どんなひどいことも、すぐに消え失せるから。見えなければないのといっしょだからね、少なくとも自分にとっては」

「あなた」は知らずに終わるが、それは架空の独裁国家を舞台にした幻想小説で、「あなた」の目をとらえ、なにかを「考え」ようと駆り立てるそのセリフは、「成り上がりの独裁者が、お抱えの伝記作家に耳打ちした忠告」だった。

独裁者がささやく見ないことへの誘惑は、乾いた「あなた」の瞳がこれまで遂行してきた無関心と相似している。独裁者の言葉は、本のページが起こした風を媒介に、「あなた」の瞳を一瞬、乾燥させてくれるだろう。だからベランダに追い出されて泣きわめく「わたし」にも、「あなた」はこの言葉を伝えようとする。「なめらかな指」で「わたし」の腕をつかみ、「あなた」は「見ないようにすればいいの、やってごらん。ちょっと目をつぶればいいの、きっとできるから、ほら、やってごらん」と言う。

このとき「あなた」は、乾燥した無関心を、なめらかに潤った皮膚で接触しながら伝えようとしている。「あなた」はそれを、かつて乾いた目と指で「わたし」に伝えたはずなのに、水分を含んだ指で「わたし」に触り、同じことを「わたし」に伝えようとする。乾きなさいというメッセージと、目をつぶりなさいという言葉は、ともに、距離と無関心によって自分の身を守ることを促している。けれど、「わたし」や「あなた」が乾くことを経由し、再び潤ってしまうのなら、水に滲んだ女たちの身体の危うさは反復され、結局同じ水の場所に戻ってくるばかりなのではあるまいか。そもそも、「わたし」や「あなた」を女性規範の方向に導く「死んだ母」は、死体を見た父の視線がとらえた、「水分を失った眼球」のおぞましいイメージによって強調されていた。だとすれば、女たちの身体が乾燥によって表象されたとしても、潤いの対極にある乾燥とは、水分をめぐる二項対立を支えることで、水の女に回帰せざるをえないファクターに過ぎないということになるだろう。

したがって、無関心に目を閉じれば傷つかないでいられるのだ、というメッセージが虚構に過ぎないのだと、「わたし」にはわかる。逆転する物語、逆転という力学が、結局はマイノリティを元々いた抑圧の場所に回帰させるのだということを、水と乾燥のドラマは示している。「あなた」

も「わたし」も、独裁者の権力をもっているわけではない。同じように、現実世界のなかで独裁者の権力をもたない人々が無関心に他者を視界から締め出し、目をつぶって自分を守ろうとすることは、自らを損なう力学に与しているといえる。

7　見ないこと／見えないこと

コンタクトレンズのように眼球の上にのった透明な規範は、「あなた」を決定的に傷つけるかもしれない。無関心で無防備な「あなた」が、目を閉じて「ないのといっしょ」にしたつもりでも、知らない間に、どんな傷がついてしまうかわからない。乾いた無関心は、逆転の錯覚を通して、「あなた」をいつまでも同じ場所にとどめおき、「あなた」や「わたし」の上に、透明で見えない傷を増殖させ続けているのだから。

無関心な「あなた」から捨てられた恋人の古本屋は、別れの場面で、「あなた」のコンタクトレンズを舌で舐め取り、飲み込んでしまう。それが強引に奪われたとき、「痛みで涙が湧き出し」、「あなた」の目から「涙はおもしろいようにあふれた」。無関心という防御が無防備であることは明らかだ。他者からの暴力を、乾いた無関心で避けることはできないのである。小説『爪と目』の最終場面で「わたし」が「あなた」に示すのは、無関心への批評である。

「あなた」はぎざぎざになった「わたし」の指先を、爪やすりで丁寧に整え、「透明なマニキュア」を塗った。「わたし」は眠っている「あなた」に近づき、まぶたをこじあけて「よく訓練された歯を使って左右の親指から剝がしとったマニキュアの薄片」を眼球にのせる。「灰色に濁った目を見開いて涙と鼻水を流し続けるあなたを、わたしは前のめりになって見下ろした」。「これでよく見えるようになった？」

最後に「わたし」が「あなた」の眼に被せたマニキュアの薄片は、現実の出来事とそれによって引き起こされる痛みを直に結びつける。「わたし」は、「あなた」がマニキュアを空気に触れさせ固めたように、液体の質を変えてしまおうとしている。透明な水を流したり乾かしたりすることは、もう終わりにするべきなのだ。

「わたし」が「あなた」に与える傷と痛みは、暴力的に逆転の運動を停止しようとしている。エロティックとさえ言ってよい「わたし」と「あなた」のこの接触は[23]、濃密な関心によって、無関心な「あなた」を「わたし」という存在に見向かせようとする衝動にほかならないだろう。

そうした観点からこれまでの議論を振り返ってみると、『殺人出産』（第一章）で殺された早紀子と彼女を殺す「わたし」の間、『カリホルニア物語』（第二章）で死んでいったナナと残されたルイの間、『市立女学校』（第二章）や『風景——面会』（第三章）のなかの女性たちの間には、同性愛嫌悪《ホモフォビ》的《ック》な禁止を軽やかにすりぬける、名前も物語も必要としない衝動があることに気づく[24]。彼女たちがわかちもった、誰かとつながろうとする情動は、読者から隠されているわけではない。書かれているのに、伏字的死角という制度に邪魔されて、読み取られずにいただけなのだ。

固有の存在と、一つしかないかけがえのない出会い方をすることは、誰にも読み間違われない大きな物語のなかでは不可能だ。見えなくされた伏字的死角にあって、壊れた大きな物語の力学が動いているのを直視すること。その視線を手に入れることから、他者である誰かとつながることがはじまっていく。

終章　朝鮮と在日

1　「朝鮮人」の語感

　これまで、過去としての近代と現代との間を行き来しながら、日本語のなかに作られた「何かを見ずにすませる」伏字的死角の回路を、帝国主義とジェンダーの関わりから考察してきた。ジェンダーという側面からみれば、存在するはずなのに存在しないものとして排除される他者は女性であり、また非異性愛者である。近代の排除の構造のなかで、マイノリティは徴のつけられた、標準ではない存在として複合的に差別され、マイノリティ同士はイメージの領域で類縁化され、構造上同じ位置を与えられてきた(1)。だからマイノリティは、女という記号とおなじように、つねに「女性のように」不可視にされる差別の力を被っている。マイノリティを見えない他者として扱う伏字的死角の構図は、現代の排除の原型にほかならない。

　したがって、女性、非異性愛のセクシュアル・マイノリティ、被差別部落、外国人、路上生活者、貧困者、被災者、病や障害とともに生きる人々、親を亡くした遺児、犯罪被害者やその家族、加害者の家族等々も同じように、見えない場所で生きさせられる伏字的な力の構造から自由ではいられない。

ここまでの議論を念頭に、終章で考えたいのは、「朝鮮」と「在日」という記号についてである。在日という言葉は、ヘイトスピーチの文脈で改めて差別の記憶と結びつけられ、語感が再構成されているともいえようが、在日という語が在日アメリカ人でも在日中国人でも在日トルコ人でもなく、ほぼ在日朝鮮人を意味することに大きな変化はない。在日あるいは在日朝鮮人という言葉は、帝国と植民地にかかわる歴史的な時間を身体化した記号であると言えるのではないだろうか。

在日、在日朝鮮人、在日韓国・朝鮮人、在日コリアンなど語彙にゆれ幅があり、どの言葉をどのような感触のもと選択するのかという問いを日本語話者に潜在的に問いかけていることの前提には、一九四五年以降の日本あるいは日本語の曖昧な態度があるだろう。念のため記しておくと、在日朝鮮人の朝鮮籍とは、一九五二年のサンフランシスコ平和条約の発効にともなって、選択権なく日本国籍を喪失させられた朝鮮半島出身者に一律に付与された応急的なものであり、つまり北朝鮮籍を意味するものではない(2)。だが、こうした基本的な知識さえ長く共有されず、帰化や通名使用の問題の現実も不可視にされたままある現在の状況は、まぎれもなく近代日本の帝国主義の延長上に出来している。帝国主義と植民地主義は継続し、日本語の空間では、在日の現実を存在するのに存在しないものとして、伏字のように処理することで、無関心に目を逸らすしくみが保たれ続けてきた。

ヘイトスピーチ、憎悪煽動行為は、他者としての「在日」という記号を、生身の現実を生きる個人から切り離した上で暴力の対象とする構図をもち、その力は現実の個人に歪んだかたちで再投影されている。見ているのに視線が素通りし、知っているのに知らないという伏字的死角の構図のもとでは、在日朝鮮人が現実に目の前にいても、その存在を他者という記号として処理することができてしまい、具体的な個人として向かい合う想像力が働かないという結果が生まれる。こうして「愛国的無関心」は、構築された伏字的死角をつうじて増殖していく。

だが、在日、在日朝鮮人、あるいは朝鮮人という言葉それ自体に含みもたれる感触を、日本語使用者である私たち一人一人は、わかちもっているはずである。

『朝鮮人はあなたに呼びかけている』を著わした崔真碩《ちぇじんそく》は、複数の「あなた」に向かって、次のように言葉を差し出している。

〔…〕私たちはまずもって、「チョウセンジン」という響きに立ち戻る必要があるのではないか。

いうまでもないが、このとき、「チョウセンジン」という響きは、けっして朝鮮人だけのものではない。「私たち」と書くとき、私はけっして朝鮮人だけを指しているわけではない。どうか、「チョ、ウ、セ、ン、ジ、ン」と一度しぼりだすようにして口に出し、その響きに耳を澄ましてみてほしい。もしも、侮蔑的な印象なり、ざらついた肌触りなり、その口元にその耳元に、なにかしらの感触が残っているとすれば、なんらかのかたちで身体が反応してしまっている時点で、私たちはすでにその響きを共感してしまっており、その響きのなかでは、あらゆる国籍や立場性を越えて、私たちは隣り合ってしまっているのである。私たちが共感し、私たちをして隣り合わしめるものとは、「チョウセンジン」という響きが惹起する恐怖心である。そして、それは差別意識としてあらわれる。

崔真碩は、韓流ブームの影響もあって、「韓国人」と名乗ることへの緊張は消える一方で、「朝鮮人という名前にだけは、依然としてその負の響きが温存」され、「植民地暴力の痕跡が色濃く刻まれ」ており、そこにこそ継続する植民地主義が現われているのだと述べている(3)。ナショナリスティックな空気が一般化し、「日本人」「日本」の語がためらいなく過剰に礼讃される現況にあって、「朝鮮人」という語がもつ負の手触りは誰にも無視できないはずだ。「朝鮮」という言葉も「在日」という言葉も、発話をためらわせ、存在を不可視にする伏字的死角の力学にさらされている。

2　日本語と在日文学

ところで、日本文学、あるいは日本近代文学が暗黙裡にマイノリティの文学を排除しているという観点から、一九九〇年代以降、日本語文学という概念が注目されるようになった。日本語文学という概念によって、在日朝鮮人文学を日本文学の下位におこうとする差別意識は批判されることとなり、文学をめぐる境界それ自体が再考を迫られた。それは同時に、文学史の正統から排除されがちであった朝鮮、台湾など植民地出身の作家たちの立ち位置を積極的に捉え返す契機を作ったといえるだろう[4]。現在では、ポストコロニアルな観点から植民地と文学という主題、移民と文学という主題も広がりをもちながら研究されているといえようし、在日文学をめぐる研究も成果をあげ[5]、また在日二世、三世の書き手たちも活躍している[6]。

それでも、現代の日本語小説全体を見渡してみたとき、在日の登場人物が現われる光景はそう多くはない。新入社員の「僕」と在日三世ソンウの出会いと友情を主題とした藤代泉『ボーダー&レス』(河出書房新社、二〇〇九年)は、「日本人」の側から「在日問題」を描いた小説として注目されたが[7]、この作品がテーマの稀少性を評価された状況はいまもそう変わらないだろう。在日の側から、民族性やアイデンティティを描く在日文学以外の場所で、在日は不可視とされ、存在自体がないものとされがちだ。多くの人々が、そのことを不思議だと思わない程度に、在日が目に見えない存在とさせられた光景は「普通」のことなのかもしれない。

主人公の同僚やクラスメート、近所の知り合い、恩師、旧友として登場する、脇役として現われる記号のほとんどが、日本国籍をもった日本人であることをいまも暗黙の前提とするかたちで、日本語の物語は成り立っている。大きな特徴をもたせたくない脇役たちの名字が朝鮮名であったら政治的な色がつき、通名として日本名を使っているという背景があったら特別な徴がついてしまうということなのだろう。

在日の作家が在日というテーマから離れて書くこと、在日ではない作家が在日というテーマで書くことは、いずれも主題をめぐる困難をともなう。そもそも、在日を描くことは必ず、特別な徴のついた「問題」と化してしまう。在日を有標化された問題として描くのとは異なる方法がみつけにくいという点にこそ、日本語のなかに含みもたれる伏字的死角の呪縛力が凝縮されている。日常世界のなかでマイノリティが不可視にされているのと同様に、物語の時空にもマイノリティを不在にする力が働き、「普通」の光景が量産されていく。だがその「普通」は、誰にとっての「普通」なのだろうか。

3 ファム・ファタールの悪意

李龍徳《イヨンドク》のデビュー作『死にたくなったら電話して』(二〇一四年)(8)は、ファム・ファタールの話形をもち、心中を主題とした小説である。主人公の徳山は、大阪・十三《じゅうそう》のキャバクラで、相当な美人なのにもかかわらず、奇矯なふるまいをみせる初美に出会う。彼女からのアプローチにより二人は恋人関係になるが、初美の関心は人間の悪意や残虐性に向けられていた。徳山は、初美の口から語られる大量殺戮や集団凶行など、豊富な知識に基づく残酷な話題を聞きながら行なう性行為にのめり込んでしまう。

「人倫に外れたこのお遊び」に夢中になるうちに、「私たちは似ている」という初美のメッセージに引き寄せられ、徳山はあたかも初美が憑依したような言動をとりはじめる。相手を殺すような気持ちで残酷な言葉をぶつけ、人間関係をことごとく断ち切っていく徳山は、友人も家族も切り捨て、未来も放棄し、食欲も性欲も喪失し、初美との死の方向にむかっていくのだった。

こうした物語展開のなかで、初美と徳山を知る者たちは口々に彼女を中傷する。「所詮キャバ嬢」、「やっぱり悪女だった。それも想像以上の」、「あの女は見た感じ、相当のワルやから」と、物語のなかには初美を侮蔑し、貶める表現がちりばめられ、周囲の人々は、徳山が「あの女」の「悪い影響」によって変わってしまったという印象を共有している。

物語はファム・ファタールによって破滅させられる男という定型をもち、またファム・ファタールはステレオタイプどおりに謎めき、内面に読み取り不能な空白部分をもっている。だが初美は、自らを貶める者たちのどの悪意をもしのぐ極限的な無慈悲と、高い知性に裏打ちされた言葉の力によって他を圧倒し、定型を異化する存在となっている。

さて、初美は折に触れて徳山と自分が似ていると強調するのだが、実際のところ、二人が似ているという確信はもちにくい。「すらりとした顔立ちで、背も高く、瞳が潤んで澄んで大きく見えるのが特徴的で、第一印象では女性から好意のまなざしを向けられることが多い」と叙述される徳山と、「美人」という形容にまみれた初美とは、「パッと見はお似合いの二人なんかもな」と徳山自身が感じもするように、たしかに外見的なレベルの類似がある。残虐性を好む初美にはじめはたじろぎながらも引き寄せられていく徳山の感性に、初美の言う「似てるなあって直感」が現われていると言えなくもないのかもしれない。

だが、二人はやはり似ていない。とりわけ「普通」をめぐる態度において、彼女と彼は鋭く対峙している。悪意と暴力の連鎖によって、死という破滅の方向に進行する物語のなかでは、ファム・ファタールと男性主人公の際だった差異が拮抗し、「普通」をめぐる闘争が戦われているのである。

4　普通の結婚と「唯一の脱出策」

比類ない悪女としての魅力により突出する初美は、彼女を知ろうとして「初美の家族の話、詳しく聞かせてよ」と問いを向ける徳山に、「平凡」「普通」を繰り返す。


「いや何も。平凡中の平凡ですよ」と腰を動かしたままで初美。

「言いたくない?」

「いや、そうやないですけど」

「家族、好き?」

「普通です、普通」

「普通って、そればっかりやん」


「本当に普通」であることが「逆コンプレックス」で、「トラウマとかDV体験」のないことが「普通すぎて頼りない」と語る初美は、その一方で、どんな職業についたとしても「結局そこの型に私たちは嵌め込まれる」、「生きてるかぎり、逃れられへん」と述べている。「妥協して生きて、卑しくなって醜くなんのは絶対に嫌です。あえての全肯定なんて、所詮やっぱりただの全面降伏」

という彼女の言葉は、型にはめられ、規範に従属することに対する拒絶感と抵抗意識を全開にしている。

そうした論理の上で、「死にましょうよ。心中しましょう。それが私たちの取れる唯一の脱出策です。唯一の、まともなままでいられる生き方。意志と目的と結果が一致してしかも成功の一点がそのまま永遠となる唯一のアイディアです。ね？　心中しましょうよ」と初美は徳山に誘いかけるのだ。

対する徳山は、バイトをしながらの三浪生活を送る自分の家族状況を、初美に理解してもらいたいトラウマとして告げる。

「俺はな、家族が嫌いや」それが彼の、どうしても今夜言いたかったことなのだ。

初美を抱えて自分から下ろす。

「俺の家族はな、なんていうか、エリート揃いの医者家族なんやねんな、俺以外は。――親、兄貴、姉ちゃん、みんな優秀で、ええとこの大学の医学部出て、やけど末っ子の俺だけ勉強できんでいろいろずっと言われてきた。ひどいＤＶ受けてきたとかそんな極端なものやないけど、小さいころからずっとずっとずっと、バカにされてきた。〔…〕」

「この先の人生考えても絶望的になる」、「奇跡的に大学受かってもその先の大学生活に自信ない」、「気持ち暗くなるわ。死にたい」と続ける徳山の死への欲望は、初美のそれとははっきり異なったものだといわなければなるまい。しかも、徳山は彼女との今後を周囲から問われ、「普通に結婚したいですよ、初美と」と答えているのだ。

非凡な初美が自分の平凡さを主張し、規範のなかの「普通」に縛られることに苛立っているのに対し、トラウマによって徴づけられた過去を根拠として平凡ではないことを言い立てようとする徳山は、「普通」の結婚を無意識に欲望している。

初美にとっての死は型にはまることからの「唯一の脱出策」であるが、徳山は心中という目的の影に「普通」の結婚を志向しているのである。

小説の最終部では、食べないことを選択し「生ける屍のような生活」を続ける二人の心中死が暗示されるのだが、徳山は自らの願望を初美に伝える。

「結婚とか、いつかは俺たちも……」

「結婚なんて無理ですよ」と大儀そうに初美は言い放つ。これまでにない突っぱねる口調だった。

「は？　なんで？」と、少し怯んだ徳山はかじりつく。

薄目で徳山を見つめたまま、しばらく黙ったままの初美。体力の消耗のせいもあるだろうがしかし、何かを思案中なのか徳山には恐ろしくもあった。

そして彼女は言う。

「だって、うちの親、徳山さんが〝在日〟なのが引っかかってるみたいで」

「は？」あまりに意外な返答だった。だって――「いや待って。ちょっと待って。ちょっといろいろあるけど、まず、俺はもう日本人やから。小学校に入る前ぐらいから家族ごと帰化して国籍は日本やから」

「言いました。でも、たとえ帰化してても、自分たちは断固反対やって」

「んー、いや、えーと、まず、初美はなんでそれを言ったん？」

「それ？」

「俺が帰化した元在日だってことや」と、徳山は珍しくも苛立ちを露わにする。身体を起こし、寝ている初美を見下ろす。

うつ伏せ寝のままで初美は、片目の黒目の部分だけで徳山を見上げて、

「黙っといたほうが、よかったです？　なんにせよ、隠しとかんと得られへん幸せって、いったい何？」

「いやいや、そんなん……　いちいちそんなん、言わんでもよかったのに……」

「これまでにない」口調、「珍しくも」露わになった苛立ちの延長で、徳山はこの後「おまえと結婚したかった」と初美の前で「初めて」涙を流す。「徳山にとって初美との結婚こそが、失敗続きの人生に残されたほとんど唯一の希望だった」のだ。

小説全体を通して、「在日」という言葉は突然、この一場面にのみ浮上する。二人の間に訪れたこれまでにない緊張感のなかで、「初美の無慈悲さが初めて、徳山の胸にまっすぐ突き刺さる」。人

を殺しかねない無慈悲な残酷さをもった言葉は、「隠さなければ得られない幸せって何？」と「普通」の結婚を望む徳山を批判し、マイノリティを不可視にし、伏字的死角に追いやる「普通」の暴力を射抜いている。

特筆に値するのは、この小説のなかでファム・ファタールの悪意が「在日」というモチーフを特権化していないことである。初美の残酷な悪意は、世界の悪意を陳列し、自らの悪意をすべての対象に注いでいるのだ。最後の局面でふいに口にされた「在日」という言葉は、徳山を激しく傷つけもするが、他方で、制度に守られた結婚を曖昧に夢見る主人公の緩さが、「普通」の暴力を温存する力に連なり、マイノリティを見えなくする伏字的死角を延命させることを暴いている。

徳山には、初美が京大中退という前歴をもつかもしれないと知り、劣等感を刺激されて初美の謎にどう接するべきか悩んだ時期があった。彼は「どのような現実も信じない曖昧な態度でいることに決めた」。この曖昧さは徳山の特長として、明確な意志をもった初美とは対照的な要素でもあるのだが、「順応性のある（もしくは主張のない）徳山」だからこそ、ファム・ファタールの示した悪意を自らのなかに移し取り、彼女と死ぬ物語を生きることになったわけだ。

死によって充足していくようにみえる物語にはしかし、ファム・ファタールの言葉がノイズのように響き、読者に謎として差し出されている。初美は「あんたのせいよ」「あんたのせいやから」と言い、「せっかく車まで買ったのに」と呟いていた。この車は、かつて一度だけ語られた、熊野に行きたいという初美の夢と結びついている。

「いや別に、雰囲気がすごいってだけで、山道が、山が、どこか別世界につながってるみたいで、いつか好きになった人と熊野に一緒に行くのが、私の夢だったんです」

初美から、茶化した言葉ではない、自分の「夢」について聞かされたのは、これが最初のことだった。たぶんもう二度とないだろう、という気にも徳山はなる。

「どこか別世界につながっているみたい」な場所に一緒に行くという初美の夢を、徳山は聞き損なっている。あきらかに初美の夢は、「唯一の脱出策」としての心中死に並び立つ選択肢を提案していたのだった。それを捉え逃し、曖昧な態度をとり続け、「普通」の結婚を希望する男の死角には、ファム・ファタールの明確な夢が書きつけられている。

男の死角を含め、この小説が描くのは、呪詛に満ちた絶望的な世界観である。だが、登場人物たちが、二人で共にあろうとしていることの意義は大きい。「あなた」と「わたし」が閉じた空間で交わす言葉が、死を目前に宙づりとなった時間のなかにささやかれつづけ、小説の言葉は、「わたし」と「あなた」がつながる場所がここに存在していることを伝えている。「成功の一点がそのまま永遠」となった物語で、二人はいつまでも語りやめず、死なないのだ。

徳山がそうであるように、世界を生きる私たちは、「普通」であろうとしても、すべての局面で「普通」であることなどできないし、いつでも規範に守られるわけではない。曖昧に順応し、主張や意志をもたないことは危険だ。平凡や普通にしがみついていれば規範によって守られるという近代的な世界像は、はかなく壊れてしまったのだから。

そうした時代になった現在、「わたし」の生きる場所は「あなた」と出会うことからはじめて創造されるだろう。そばにいる誰かを、記号化された他者として見たり、いるはずなのに見えない他者として素通りするのではなく、具体的な手触りや顔をもった一人一人の「あなた」として知る視線を、私たちは手に入れることができる。

負の手触りを含め、私たちの身体には言葉が共有され、言葉の響きによってつねにすでに「隣り合ってしまっている」。作中でファム・ファタールが宣言したとおり、「あなた」と「わたし」の間には、似ているところがどこかに必ずある。朝鮮も在日も、私たちの間にある言葉である。それは発話者が意志を持って言葉を繰り返すことによって文脈ごと、伏字的な場所から動かしうるはずなのだ。

注

第一章　愛国とジェンダー

(1)在特会は、特別永住資格、朝鮮学校補助金交付、生活保護優遇、通名制度が在日韓国・朝鮮人に与えられた「特権」だとみなし、他の外国人と同等に扱うことを目指すことを目的に掲げる団体として、二〇〇六年に設立された(発足集会は二〇〇七年)。その論理に含まれる問題点、成立の経緯については、野間易通『「在日特権」の虚構──ネット空間が生み出したヘイト・スピーチ』(河出書房新社、二〇一三年)、安田浩一『ネットと愛国──在特会の「闇」を追いかけて』(講談社、二〇一二年)などを参照。

(2)師岡康子『ヘイト・スピーチとは何か』岩波新書、二〇一三年。

(3)中村一成『ルポ　京都朝鮮学校襲撃事件──〈ヘイトクライム〉に抗して』岩波書店、二〇一四年。

(4)森達也『「自分の子どもが殺されても同じことが言えるのか」と叫ぶ人に訊きたい』ダイヤモンド社、二〇一三年。

(5)野間易通『「在日特権」の虚構』前掲。

(6)村上裕一『ネトウヨ化する日本──暴走する共感とネット時代の「新中間大衆」』角川ＥＰＵＢ選書、二〇一四年、四六─七七頁。

(7)たとえば、現実には存在しない「在日特権」なるものが、差別的な物語として流通する様相が代表する事態がそれである。樋口直人は、「本来は物語でしかない「在日特権」の信憑性は、それと近接する近隣諸国への敵意と歴史修正主義の受容によって担保されている。その結果「在日特権」は、物語(ネタ)としてではなく実在する現実として受容され、現実世界での運動を生み出すに至った」と述べる(『日本型排外主義──在特会・外国人参政権・東アジア地政学』名古屋大学出版会、二〇一四年)。

(8)「座談会 ヘイトスピーチが日本社会に突きつけたもの」における古谷の発言。安田浩一・古谷経衡・森鷹久・岩田温『ヘイトスピーチとネット右翼——先鋭化する在特会』オークラ出版、二〇一三年。

(9)YOKO『超人気ブロガーRandomYOKOの新・愛国論』桜の花出版、二〇一四年、五—六頁。

(10)佐波優子『女子と愛国』祥伝社、二〇一三年、四一頁。

(11)野間易通『「在日特権」の虚構』前掲。

(12)安田浩一「在特会を追いかけて」前田朗編『なぜ、いまヘイト・スピーチなのか——差別、暴力、脅迫、迫害』三一書房、二〇一三年。また、安田は、彼らの多くが「外国および外国人によって日本が「奪われた」と思い込んでいる」点を指摘し、憤りの根底に、異文化流入に対する嫌悪と、外国籍住民が日本人の生活や雇用を脅かしているといった「強烈な被害者意識」があるのではないかと述べている(安田浩一「正義感の暴走」、安田・古谷・森・岩田前掲書)。

(13)古谷経衡『ネット右翼の逆襲——「嫌韓」思想と新保守論』総和社、二〇一三年。

(14)古谷経衡「嫌韓とネット右翼はいかに結びついたのか」(安田・古谷・森・岩田前掲書)。

(15)鵜飼哲・酒井直樹・テッサ・モーリス＝鈴木・李孝徳『レイシズム・スタディーズ序説』(以文社、二〇一二年)においては、ファシズムがつねに被害者の視点から語られる論理であることが再三指摘されているが、酒井直樹はその問題の構造について、「日本の状況は、従軍慰安婦問題がジャーナリズムで取り上げられたあたりから、一九八〇年代から九〇年代にかけてのヨーロッパのネオ・レイシズムの問題とひじょうに似た側面をみせてきています。それは確実に脱植民地化の問題とかかわっている。加害者と被害者の関係が奇妙なかたちで逆転してしまって、宗主国の国民が自分たちこそ被害者だといいはじめてしまう」と発言している(座談会「新しいレイシズムと日本」『レイシズム・スタディーズ序説』)。

(16)村上裕一はさらに、それを受容する側に、マスメディアでは扱われないものをこっそり見たいという「アマチュアリズム」、自分たちが人気者を育てたいという「プロデューサー主義」、「等身大」の相手とコミュニケーションしたいという共感性がないまぜになって存在しており、「在特会の動画自体が、上記の条件を満たすうってつけのエンターテイメントだった可能性も否定できな」いと述べている（『ネトウヨ化する日本』前掲）。

（17）中村一成の次の叙述を参照。「玄人はだしの撮影・編集技術で、この間の数々のヘイトデモを娯楽ビデオに仕上げ、ネットにアップし、販売までしていた被告の一人は、あの動画のもたらした被害に思いをいたすことなく、「ありのままを撮っただけ」「（主張の真偽は）観る人が調べるべき」と証言した。あるアボジ〔父親〕は「その軽さに衝撃を受けた」と言った」（『ルポ　京都朝鮮学校襲撃事件』前掲）。

（18）北原みのり「被害者意識を許さない――「そよ風」の演説」北原みのり・朴順梨『奥さまは愛国』河出書房新社、二〇一四年。

（19）朴順梨「「従軍慰安婦はウソ！」と叫ぶ奥さま達」北原みのり・朴順梨『奥さまは愛国』前掲。

（20）北原みのり「愛国女性の闘い方」、「ウヨク女子と『戦争論』」北原みのり・朴順梨『奥さまは愛国』前掲。

（21）YOKO『超人気ブロガーRandomYOKOの新・愛国論』前掲。

（22）「つくる会」は、歴史教科書のほとんどが「自虐史観」に基づいて構成されているとし、「日本に誇りがもてる教科書」をつくることを目的として一九九六年に結成された。

（23）朴順梨が拾い上げた、取材対象者の女性による発言（「朝鮮学校で愛国を考える」北原みのり・朴順梨『奥さまは愛国』前掲、一四八―一四九頁）。北原みのりは、「強者でありたい女たちは、フェミニズムこそが女を侮辱していると考える。「被害者面する」「弱者ぶる」とは、フェミニズム嫌いの女性たちがよく言うことである。そしてそれは、愛国女性たちが元「従軍慰安婦」に向ける言葉と一語一句同じだ」と分析する（「被害者意識を許さない」同前）。

（24）たとえば、山口智美が取材対象から聞き取った、「上からの啓発主体のフェミニズムが、本当に差別されている人たちを救済するよりも、むしろ「上にたつ側のフェミニスト」たちに都合がよい政策になっているのではないか」、「それが権力の発動となり、利権となっているように見え、女性の中における強者であるところのフェミニストが得をしているようにもみえる」という表現はそれを代表する例といえる（「地方からのフェミニズム批判」山口智美・斉藤正美・荻上チキ『社会運動の戸惑い――フェミニズムの「失われた時代」と草の根保守運動』勁草書房、二〇一二年）。

（25）二〇一〇年代になって、愛国女性の増加という現象が注目されはじめたが、代表的な活動団体としては、二〇一〇年に設立された「愛国女性のつどい　花時計」、二〇一一年設立の「なでしこアクション」や、「日本女性の会　そよ風」などがある。

（26）想田和弘『熱狂なきファシズム――ニッポンの無関心を観察する』河出書房新社、二〇一四年。

（27）YOKO『超人気ブロガーRandomYOKOの新・愛国論』前掲。

（28）森千香子は、こうした見方がかつてヨーロッパでも支配的な解釈格子であったが、その後の研究によってその正当性が否定されてきたことに触れ、「わかりやすいかたちで表現されるレイシズムにのみ目を奪われていると、問題の所在を見誤りかねない。それどころか、著者の意に反して、「下層はレイシズムに走りやすい」という偏見を強化しかねない」と指摘している（森千香子「ヘイト・スピーチとレイシズムの関係性」金尚均編『ヘイト・スピーチの法的研究』法律文化社、二〇一四年）。

（29）フェミニズムを「共産主義」「男女同質化」「フリーセックス」とレッテル貼りする保守運動、保守運動に「新自由主義」「新保守主義」「反動」とレッテルを貼るフェミニズムは、「両者とも互いを「敵」として捉え、議論や対話を重ねるためではなく、それぞれの業界向けの動員の言葉として、これらのレッテルを振りかざして」いた（荻上チキ「結びにかえて」山口・斉藤・荻上『社会運動の戸惑い』前掲）。

（30）吉村萬壱『ボラード病』は、初出『文學界』二〇一四年一月、単行本は、二〇一四年六月、文藝春秋刊。以下、引用はすべて単行本に拠った。

（31）『ボラード病』をめぐるすぐれた批評として、若松英輔「沈黙を強いられた見者の遺言」（『本の話』二〇一四年七月）がある。
（32）この点を考えるにあたり、同じく全体主義の暴力をテーマにした小説である田中慎弥『宰相A』（初出『新潮』二〇一四年一〇月、単行本は二〇一五年二月、新潮社刊）と比較すると、『ボラード病』の強度が判然とする。男性小説家「私」を語り手とした『宰相A』は、歴史に理不尽な巻き込まれ方をした「私」の受難をベースにした典型的な被害者の物語である。作家である私の言葉の源には死んだ母がおり、私が出会った通訳の「女」は、境界侵犯的な位置に据えられた上で性的に対象化され、二人の女の死という象徴が小説テクストに奥行きを与える。つまり、男の「私」が被害者となるアンチ・ヒーローの物語の下敷きにはジェンダーの定型構造が引かれ、物語が定型に横領されている。
（33）村田沙耶香『殺人出産』は、初出『群像』二〇一四年五月、単行本は二〇一四年七月講談社刊。以下、引用はすべて単行本に拠った。
（34）なお作中では、殺人を犯した場合、死ぬまで拘束されて出産し続けるという刑罰が設定されているが、語り手の行為はもちろん、そうした一般的な犯罪とは重ならない。
（35）李信恵『#鶴橋安寧――アンチ・ヘイト・クロニクル』影書房、二〇一五年。

第二章　伏字のなかのヒロイン

（1）山本明「伏字・検閲・自己規制」『現代ジャーナリズム』雄渾社、一九六七年。
（2）牧義之『伏字の文化史――検閲・文学・出版』森話社、二〇一四年。
（3）山本明「伏字・検閲・自己規制」前掲。
（4）山本武利『GHQの検閲・諜報・宣伝工作』岩波書店、二〇一三年。
（5）日高昭二『占領空間のなかの文学――痕跡・寓意・差異』岩波書店、二〇一五年。

（6）十重田裕一は、内務省の事前検閲が行なわれていた時期、出版社が用いた伏字による自己検閲は「メディア規制の痕跡を明示化する」ものであり、文学者や編集者にとって「検閲に対する抵抗の証」としての側面もあったと指摘する。それが占領下、GHQ／SCAPによる検閲が事後検閲に移行すると、「削除の痕跡を示さない検閲」は「実施を明示的にしない特色」をもつことになる（「内務省とGHQ／SCAPの検閲と文学」鈴木登美ほか編『検閲・メディア・文学——江戸から戦後まで』新曜社、二〇一二年）。

（7）横田創『トンちゃんをお願い』（『すばる』二〇一一年三月）。

（8）一九〇一（明治三四）年の裸体画論争については、中山昭彦「裸体画・裸体・日本人」（金子明雄ほか編『ディスクールの帝国』新曜社、二〇〇一年）参照。鷹野隆大は、「〝不都合な〟部分を隠す作業をしながら、美術館の関係者から黒田清輝みたいだという話がでました」、「あれから100年以上が過ぎ、今回は隠す対象が男性だというところが、時代の変化なのかもしれません。ただ、僕は今回、腰巻きではなく、胸の辺りから覆い、布団にくるまっているところをイメージしながら隠しました」と述べている（「骰子の眼」web DICE 二〇一四年八月一七日掲載、webdice.jp）。

（9）紅野謙介『検閲と文学——1920年代の攻防』河出書房新社、二〇〇九年。

（10）「アトミックサンシャイン」in 沖縄展における、大浦信行の連作版画《遠近を抱えて》が展示拒否にあった事件について分析した徐京植「「サンシャイン」と「シャドウ」」、新城郁夫「美の治安」には、それぞれ、仮定された根拠のない検閲的要請の力学についての刺激的分析があり、現代の検閲をめぐるメンタリティを考察する上で示唆的な枠組みが示されている（沖縄県立美術館検閲抗議の会編『アート・検閲、そして天皇』社会評論社、二〇一一年）。

（11）たとえば、林秀彦『左翼検閲』（啓正社、一九八三年）を参照。主意は「日本共産党を筆頭とする左翼勢力」や「いわゆる「民主的団体」等による抗議・要求」が政治家の言動や報道メディアを「検閲」している、「日本の現実」への批判にある。

(12)ポルノグラフィをめぐるフェミニストからの批判と検閲的介入という文脈でもっとも先鋭化した出来事として、キャサリン・マッキノンとアンドレア・ドウォーキンの起草した反ポルノ条例があるが、そこに内在する反動性をフェミニストたちが批判的に検証したものとして、アン・スニトウほか『ポルノと検閲』(藤井麻利・藤井雅実訳、青弓社、二〇〇二年)がある。
(13)たとえば、前田朗は、表現の自由かヘイトスピーチの規制かという二元構造は、差別表現の自由を認める議論になってしまうと指摘し、国際人権法上、表現の自由は責任とセットになっていることを指摘する(「ヘイトスピーチ処罰は世界の常識」前田編『なぜ、いまヘイトスピーチなのか』三一書房、二〇一三年)。表現の自由とレイシズムというフレームや、表現の自由に先立つ権利の価値をめぐっては、エリック・ブライシュ『ヘイトスピーチ――表現の自由はどこまで認められるか』(明戸隆浩ほか訳、明石書店、二〇一四年、原著二〇一一年)も参照。
(14)伏字とその復元をめぐる触発的な議論として、高榮蘭「戦略としての朝鮮表象」(『戦後というイデオロギー――歴史/記憶/文化』藤原書店、二〇一〇年)がある。
(15)山本明「伏字・検閲・自己規制」前掲。
(16)奥成達・岡崎英生・舎人栄一『伏字文学事典――××を楽しむ本』住宅新報社、一九七七年、六一―一九頁。
(17)笠原美智子『ヌードのポリティクス――女性写真家の仕事』筑摩書房、一九九八年。
(18)二〇一四年、女性器を象った作品が猥褻であるとしてアーティストの「ろくでなし子」と北原みのりが逮捕された事件は、いまだに女性身体が性的で猥褻な意味をもっていると「公的」に認識されていることを表わしている。後藤弘子は、「女性器がわいせつではないことを示すための、芸術作品としての女性器」を表現した「女性による、女性が自らの性を肯定し、謳歌するための芸術作品」であるのにもかかわらず、わいせつと認定され「国家刑罰権の発動の意思が示された」ことは、女性たちに「あなたの性は男性の性的搾取の対象としてのみ存在されることが許される」ことを確認するメッセージにほかならないと批判している(「女性の性を貶める逮捕」『東京新聞』夕刊、二〇一四年一二月一二日)。

(19) 大浦康介「扇情のレトリック・猥褻のロジック」大浦編『共同研究 ポルノグラフィー』平凡社、二〇一一年。

(20) 池川玲子は「近代日本のヌードは、欧米文化を受けとめた、日本という国家の胎から生まれた」と指摘しているが、芸術としてのヌードが定着していく過程は伏字的な感性の生成と相関関係にあるといえるだろう(『ヌードと愛国』講談社現代新書、二〇一四年)。

(21) 一九二〇—三〇年代の『改造』誌面構成や雑誌戦略、ライバル誌としての『中央公論』との関係などについては、十重田裕一「出版メディアと作家の新時代」(『文学』岩波書店、二〇〇三年三・四月号)を、「民族」や「植民地」の記号的価値が商品化された問題含みの場の力学については、高榮蘭「出版帝国の「戦争」」(『文学』二〇一〇年三・四月号)を参照した。

(22) ジェイ・ルービン『風俗壊乱——明治国家と文芸の検閲』今井泰子ほか訳、世織書房、二〇一一年(原著一九八四年)。

(23) 中谷いずみは、島木健作『生活の探求』(一九三七年)について、「進むべき道を見失っている」青年たちの設定を条件づけるのが、左翼運動の力が失われた「その後」にある同時代の言説状況であり、『生活の探求』が「マルクス主義思想にいっさい言及することなく、それが隆盛した時代を本来的ではない時間として排除することに成功した」テクストだという興味深い指摘をしている(『その「民衆」とは誰なのか——ジェンダー・階級・アイデンティティ』青弓社、二〇一三年)。

(24) エドワード・サイード『オリエンタリズム』(上・下、今沢紀子訳、平凡社ライブラリー、一九九三年(原著一九七八年))、あるいは姜尚中『オリエンタリズムの彼方へ』(岩波書店、一九九六年、岩波現代文庫、二〇〇四年)などを参照。

(25) 一九三七年の総選挙で、「無産政党」である社会大衆党は反ファシズムへの期待とみられる票を集めて三六議席を獲得、「大躍進」したが、社会大衆党にはファシズムに連帯する論理が内在しており、のちに全体主義に寄り添っていく。

(26) 俊子についての詳細は、小平麻衣子・内藤千珠子『田村俊子』(ひつじ書房、二〇一四年)。

(27) 小林裕子「寄港後の居場所」(渡邊澄子編『今という時代の田村俊子』至文堂、二〇〇五年)は、労働運動への関わりが俊子自身の人間的欲求とややずれ、知識や理想のレベルに留まっていたと論じ、俊子を「遅れてきたプロレタリア作家」と呼んでいる。

(28) 呉佩珍「ナショナル・アイデンティティとジェンダーの揺らぎ——佐藤俊子の日系二世を描く小説群にみる二重差別構造」(筑波大学文化批評研究会編『〈翻訳〉の圏域』二〇〇三年)は、これらのテクストに現われる人種差別、性差別、アイデンティティなどの問題群が、当時の国策としての移民を批判したものであり、日本社会内部の差別構造を暴き出したものと評価している。

(29)『放浪記』は、林芙美子が一九二二年から二六年までの間「歌日記」としてつけていた雑記帳の記述をもとにした自伝的な小説である。一九二八年、『女人芸術』で断続的に連載が開始され、一九三〇年七月に改造社から単行本が刊行された。同年十一月、『続放浪記』が刊行。

(30) 水田宗子「放浪する女の異郷への夢と転落——林芙美子『浮雲』」岩淵宏子ほか編『フェミニズム批評への招待』學藝書林、一九九五年。

(31) たとえば、大鹿卓「野蛮人」(『中央公論』一九三五年二月)では、男性が台湾に移動し、大きな変貌を遂げる。頴田島一二郎「待避駅」(『中央公論』一九三五年一月)では、「淫売屋」を営む叔母について大陸に渡った主人公が、堕落する女たちを観察することを通じて成長する。あるいは、朝鮮半島へ移り住んだ二人の男を主人公として対比した、湯浅克衛「移民」(『改造』一九三六年七月)など。

(32) 前注「待避駅」には男性と女性との間の対比がくっきり現われているし、同じ頴田島一二郎による「国境樵歌」(『中央公論』一九三五年八月)でもシベリアに渡る娼婦が描かれる。こうした定型には、明治期以降の

「海外醜業婦」をめぐるイメージが作用しているだろう。

(33)『蒼氓』は一九三三年『改造』において選外佳作となり、三五年同人雑誌『星座』に発表された。さらに第二部『南海航路』、第三部『声なき民』が書き継がれ、三部作として完成した。

(34)『風俗壊乱』前掲。

(35)紅野謙介「明治期文学者とメディア規制の攻防」鈴木登美ほか編『検閲・メディア・文学』前掲。

(36)一九三四年に「文芸懇話会」が設立された経緯をとりあげ、五味渕典嗣は検閲を媒介とした既得権益をめぐる攻防について、新規参入者にとって「障壁」となる規制が、内部にあるものにとっては「過剰な競争の緩和と保護」でありえた点を指摘している(「甲斐のない多忙」『文学』岩波書店、二〇一〇年三・四月号)。

(37)近代のホモソーシャルな構造については、イヴ・K・セジウィック『男同士の絆――イギリス文学とホモソーシャルな欲望』(上原早苗・亀澤美由紀訳、名古屋大学出版会、二〇〇一年〔原著一九八五年〕)、日本の近代文学におけるホモソーシャルな共同体の力学については、飯田祐子『彼らの物語――日本近代文学とジェンダー』(名古屋大学出版会、一九九八年)。

(38)「伏字は、削除の跡を示すことによって削除されたものを逆に存在させてしまうパラドックスをもつ」(鈴木登美「検閲と検閲研究の射程」『検閲・メディア・文学』前掲)。

(39)『市立女学校』は、単行本『愛情』(改造社、一九三六年一一月)に収録された。引用は初出に拠った。

(40)かつてナンシー・フレイザーは、ジュディス・バトラーとの論争のなかで、「正当に承認されないこと＝誤認(misrecognition)」について、「誤認」とは単に周囲から貶められるだけに留まらず「社会的相互作用にふさわしい相手としての資格を否定され、社会的生活への仲間としての参加を禁じられること」を意味し、不平等分配の問題というよりは「制度化された解釈／評価様式の結果」なのだと定義した(ナンシー・フレイザー「ヘテロセクシズム、誤認、そして資本主義」大脇美智子訳、『批評空間』一九九九年一〇月〔原著一九九八年〕)。また、文学という制度のなかで「誤認」される女性の位置については、久米依子『「少女小説」の生成

――ジェンダー・ポリティクスの世紀』（青弓社、二〇一三年）を参照のこと。

（41）中谷いずみによる、民衆という表象を媒介に考察した「空白」の論理をめぐる批評的地平は、伏字のロジックを検討する上で示唆的である（『その「民衆」とは誰なのか』前掲）。

（42）「たとえば、○○はつねに日本か天皇を指すという約束があった」、「それは悲しい技術と熟練ではあったが、とにかく情報の伝達を可能にすることができたのである」（山本明「伏字・検閲・自己規制」前掲）。

（43）牧義之『伏字の文化史――検閲・文学・出版』前掲。牧は、伏字の日本的性質をとくに「空白」に対する意識とかかわらせて論じている。

第三章　叛逆の想像力

（1）大逆事件の全容については、絲屋寿雄『増補改訂　大逆事件』（三一書房、一九七〇年）、神崎清『革命伝説大逆事件』（第一―四巻、子どもの未来社、二〇一〇年、あゆみ出版、一九七六―七七年）などを参照。

（2）中森明夫『アナーキー・イン・ザ・JP』の初出は『新潮』二〇一〇年五月号、単行本は新潮社より同年九月に刊行された。引用はすべて単行本に拠った。

（3）安藤礼二は、歴史観や小説の方法論について「中森の表現のすべてを受け入れることはできない」としながらも、「大逆の一九一〇年と貧困の二〇一〇年を一つに重ね合わせることで、あらためて表現と生活における自由の問題を提起した意欲的な作品」と評する（『図書新聞』文芸時評、二〇一〇年六月五日）。福嶋亮大は、この小説が「無責任な日本」へとつながる現実を示した「日本の自画像」であると論じた（「クズの国のカーニヴァル」『小説トリッパー』二〇一〇年九月）。

（4）赤木智弘「「丸山眞男」をひっぱたきたい――31歳、フリーター。希望は、戦争。」『論座』二〇〇七年一月号。

（5）政治性が脱色されるという問題系を、作家論的に「アイドル評論家」としての中森明夫の資質に結びつけ、その特徴や限界を議論することも可能ではあろうが、本章の主意は物語の力学を問うことにあるので、作家論的な考察は行なわない。

(6) このサイトは現在では削除され、「有志」によるコンテンツの復旧作業が行なわれているようだが、かつて「ドス子の事件簿(皇太子妃雅子殿下の事件簿)Wiki」のトップページには、「2ちゃんねる既婚女性板(通称・鬼女板)最強のスレッドを、まとめる場所です。皇室ニュースの理解にも役立つことを目指しています」とあり、「2009/1/29、「ドス子」の意味がよくわからないという声があるようですので、試みに補足として(皇太子妃雅子殿下の事件簿)と追加させていただきました」と補足されていた。初期のスレッドには、「ドス子」という侮蔑的な呼び名が定着していく様子が示されていた(http://wiki.livedoor.jp/dosukono/)。

(7) 森暢平「皇室と雅子さまは、どこへ行くのか」森ほか『雅子さま論争』洋泉社新書、二〇〇九年。

(8) 桜井大子「マサコの「反乱」」桜井編『雅子の「反乱」——大衆天皇制の〈政治学〉』社会評論社、二〇〇四年。

(9) 森暢平「皇室と雅子さまは、どこへ行くのか」前掲。

(10) http://www.yuko2ch.net/mako/ より引用。

(11) 森暢平「皇室と雅子さまは、どこへ行くのか」前掲。

(12)『週刊朝日』の記事「ネットで「皇族萌え」」は、中高年の女性を中心とした従来の皇室ファンと、三〇代、四〇代の男性も多い秋篠宮家の「ファン層の違いは明白だ」とした上で、「眞子さま、佳子さまのファンが、これまでの皇室ファンとは異なるのは、ネットの世界で特殊な世界観を形成している点だ。そこにあるのは皇室とサブカルチャーの融合といえる」としている(二〇一四年九月一二日)。

(13)「雅子さまと愛子さま「母子密着」20人の証言」(『週刊文春』二〇一〇年六月三日)より引用。

(14) 瀬戸内寂聴『風景』は、雑誌『the 寂聴』(瀬戸内寂聴責任編集、角川学芸出版)に掲載された連作短篇で、本稿で取り上げる『風景——面会』は、同誌一一号(二〇一〇年九月)に掲載されたその最終回に相当する短篇である。短篇集『風景』は二〇一一年一月に刊行されたが、『風景――面会』は収録されなかった。本稿での引用は初出誌に拠った。

(15) 大谷恭子弁護士は、永山則夫連続射殺事件や連合赤軍事件などの弁護を担当した。重信房子受刑者の裁判では、主任弁護人をつとめた。他に障害児自主登校裁判、アイヌ民族肖像権裁判などにも関わっている。

(16) 千葉景子法相(当時)は、二〇一〇年七月二八日、死刑執行に自らが立ち会ったことを記者会見で明らかにした。その後の八月二七日、死刑についての情報公開を進めるという法相の意向に沿う形で、法務省は東京拘置所の「刑場」を報道機関に公開した。

(17) 『遠い声』は表題作の他、「いってまいりますさようなら」を収録し、新潮社より一九七〇年に刊行、金子文子を描いた『余白の春』は中央公論社より一九七二年刊行、いずれも『瀬戸内寂聴全集』第六巻(新潮社、二〇〇一年)所収。

(18) こうした構図は、クィア理論の他者を排除しない肯定の力学に通じているともいえるだろう。なお、クィア理論については、河口和也『クィア・スタディーズ』(岩波書店、二〇〇三年)などを参照。

(19) 「対談 それを信じて(瀬戸内寂聴・沢木耕太郎)」第一部、「評伝のスタイル」(『the 寂聴』二〇一〇年九月)より引用。

(20) 『美は乱調にあり』は一九六六年、文藝春秋から刊行され、二〇一〇年に新装版が角川文芸出版より復刊された。『階調は偽りなり』は一九八四年、文藝春秋刊。両作品とも『瀬戸内寂聴全集』第一二巻(新潮社、二〇〇二年)所収。

第四章 天皇制と暗殺

(1) 大逆事件をめぐっては、捏造された冤罪という意味づけから、「大逆」という意義それ自体を評価するという中上健次による再定義が行なわれ、そうした解釈の延長上に批評が展開し、絓秀実『「帝国」の文学――戦争と「大逆」の間』（以文社、二〇〇一年）や渡部直己『不敬文学論序説』（太田出版、一九九九年、ちくま学芸文庫、二〇〇六年）などが上梓された。
（2）高榮蘭『戦後というイデオロギー』藤原書店、二〇一〇年。
（3）大逆事件をめぐるメディア言説については、拙著『帝国と暗殺――ジェンダーからみる近代日本のメディア編成』（新曜社、二〇〇五年）で詳述した。
（4）金子明雄は「〈変死〉〈性〉〈犯罪〉〈自然主義〉〈社会主義〉等々」の間に記号的隣接性があったことを指摘する（「メディアの中の死」『文学』一九九四年夏号）。また渡部直己は、「幸徳秋水を「大逆」へと追いつめた主因として、新聞がしきりと喧伝したことがら」とは、「金と女の二つの線」であったと指摘している（『不敬文学論序説』前掲）。
（5）森山重雄は、上司小剣が幸徳秋水と管野須賀子をモデルに描いた小説『閑文字』（『早稲田文学』一九〇九年六月）について、「幸徳の同志だけでなく、論敵の片山潜、西川光二郎らの議会政策派も、小剣が幸徳の情事をスッパ抜いた暴露小説として、幸徳攻撃の好箇の餌にしたのである」と述べ、管野須賀子と幸徳秋水の関係を激しく攻撃する論拠とされたことに言及している（『大逆事件＝文学作家論』三一書房、一九八〇年、一五六頁）。
（6）天皇制と家族国家観については、牟田和恵『戦略としての家族――近代日本の国民国家形成と女性』（新曜社、一九九六年）、「家族国家観とジェンダー秩序」（『岩波講座　天皇と王権を考える7　ジェンダーと差別』岩波書店、二〇〇二年）などを参照。
（7）渡部直己は、宮内省の「御容態書」が、「「至尊」の聖性を冒瀆してきわめて「不敬」なものであること」を指摘する（『不敬文学論序説』前掲）。また、絓秀実は「病死にすぎないものを、フランス革命のごとき、大衆による――全員一致の――「王殺し」へと擬似イヴェント化した」ものだと論じている（『「帝国」の文学』前掲）。

(8)「彼は当時、すでに最も危険な「思想家」であり、同時にまた、最も有害な「革命家」だと目されていた」(大沢正道『大杉栄研究』法政大学出版局、一九七一年)と言われるように、当時の大杉栄は「革命」的な「思想」を表象=代表する記号として位置づけられていた。

(9)現実には、赤旗事件で逮捕されたのは管野須賀子である。

(10)秋山清は「いわゆる糟糠の妻ともいうべき人をおいての恋愛沙汰、それも相手は神近市子、伊藤野枝という、いわゆる世間が注目する新しき女たちとの多角な恋愛ということになってみれば、独立自尊の精神のひ弱い世間、ジャーナリズムも同志たちからも、やっかみ半分の非難は覚悟せねばならぬことであった」(『大杉栄評伝』思想の科学社、一九七六年)と述べ、飛矢崎雅也は「ジャーナリズムは轟々たる非難を大杉と野枝に浴びせた」、「しかし、非難と攻撃はひとりジャーナリズムからだけ加えられたのではなかった。むしろそれは社会主義者の側からきびしく発せられた」と述べている(『大杉榮の思想形成と個人主義』東信堂、二〇〇五年)。

(11)天皇の侍妃制および戸主家族制の設定、家長制と夫権の行使による庶子認知などにより「実質的な一夫一婦制の確立は近代の日本において流産した」(早川紀代『近代天皇制国家とジェンダー』青木書店、一九九八年)。

(12)甘粕正彦の供述によれば、自宅近くで張り込んでいた憲兵隊が帰宅した三人を麹町憲兵分隊に連行したというが、「誰が命令し、誰がどのようにして殺害したかの真実は、いまに至るまで明らかにされていない」(鎌田慧『大杉榮――自由への疾走』岩波書店、一九九七年、岩波現代文庫、二〇〇三年)。事件の詳細に関しては、首謀者が甘粕であったのかも含め不明な点が多い。

(13)『東京朝日新聞』での連載は一九一六年五月二六日―十二月一四日、『大阪朝日新聞』は、五月二五日―十二月二六日。以下、『明暗』の引用はすべて『東京朝日新聞』に拠る。

(14)『東京朝日新聞』には、漱石の『明暗』に寄せて「読者の読まんと欲する一日の分量其他を漱石氏が考慮して居られたと云ふことは、氏が新聞と云ふもの、約束に明かに縛せられて居られたのであつて、氏の新聞小説に対する用意たるや新聞記者が続物を書く用意と大に似て居る。（全然同じには非ず）」という評言がみられる（名倉生「漱石氏のこと」『東京朝日新聞』一九一六年一二月一八日）。

（15）江藤淳は大逆事件について、「この事件は、荷風、鷗外をはじめとして、心ある文学者に深刻な打撃をあたえたが、漱石といえどもこれについて無関心であったはずはない」と指摘している（江藤淳「明暗」『三田文学』一九五六年八月、『決定版夏目漱石』新潮社、一九七四年）。また、絓秀実『「帝国」の文学』（前掲）、渡部直己『不敬文学論序説』（前掲）では、大逆事件と漱石的作品の磁場に関して理論的に検討されている。なお、『「帝国」の文学』を出発点として『批評空間』を舞台に漱石と大逆事件にかかわる論争も起こった。その経緯は押野武志「漱石と「大逆」事件論争の行方」（『日本近代文学』二〇〇二年一〇月）を参照。

（16）荒正人は「大正時代のアナキスト」と小林を連結させ（荒正人「『明暗』解説」『漱石文学全集』第九巻、集英社、一九七二年）、清水茂は「「お延」にとっての「小林」、これはほとんどそのまま夏目漱石にとっての大杉栄に比定し得る」と書いている（清水茂「『明暗』にかんする断想」『作品論夏目漱石』双文社出版、一九七六年）。

（17）一柳廣孝『〈こっくりさん〉と〈千里眼〉』講談社選書メチエ、一九九四年。一柳は、「千里眼」は韓国併合や大逆事件などの「国家レベルの事件報道の隙間をぬうかのように、続々と報道されつづけていた」と述べるとともに、千里眼事件が新聞報道の力が大きく作用することによって形作られた点について検証している

（18）長山靖生「不可視と不在の『明暗』」『漱石研究』一八号、二〇〇五年十一月。長山は、お延の千里眼と津田の天鼻通をともに、「何かを見透す視線」ではなく、「不都合なもの、無関心なものを回避する選択機能が付い」た視線を象徴するものとして意味づけている。

（19）島村輝は「大逆罪」の報道には「被告たちの〈死〉そのものに向かう、報道の指向」があると指摘している（「「社会主義者捕縛」から「逆徒の死骸引取」まで」『文学』一九九四年夏号）。

(20) 大逆事件の判決は一九一一年一月一八日、死刑執行は一月二四日、二五日であった。

(21) ちなみに、これもまた偶然の重なりではあるのだが、その年の二月には、もう一人の千里眼婦人、長尾郁子も肺炎により死去し、「妾が重症となりしに就き、世間には例の念写事件を心配したる結果なりと疑ふものあり、これが何よりも残念なりと口癖のように言い居たりといふ」(『東京朝日新聞』一九一一年二月二八日)と報道されている。

(22) 長山靖生「不可視と不在の『明暗』」前掲。

(23) 佐藤泉『漱石　片付かない〈近代〉』NHKライブラリー、二〇〇二年。

(24) 『神と人との間』は、『婦人公論』一九二三年一―五月、七月、八月、一九二四年一―四月、九―十二月に連載。引用は『谷崎潤一郎全集』(中央公論社刊、一九八二年)第九巻に拠った。

(25) 笠原伸夫は、「思えば直接〈小田原事件〉を素材として組みたてた『神と人との間』は、書かれるべくして書かれ、失敗すべくして失敗した作品であった」と述べている(『谷崎潤一郎――宿命のエロス』冬樹社、一九八〇年)。「『神と人との間』は作者に嫌われ、生前刊行の全集への収録を拒まれた不幸な作品であるが、関東大震災に遭遇しても未完に終らず二年をかけて完成された執念の作であることをみても執筆当時の作者にとって重要な小説であったことは疑えない」という評もある(三上公子「続　谷崎潤一郎ノート――『神と人との間』」『日白近代文学』一九八五年一〇月)。

(26) 『神と人との間』の本文全二〇章のうちの、一七章以降にあたり、初出は一九二四(大正一三)年十一月以降に相当する。つまり、ここで検討するテクストは、関東大震災の後に書かれたものである。

(27) 中上健次『紀州　木の国・根の国』(朝日新聞社、一九七八年、小学館文庫、一九九九年)、渡部直己『不敬文学論序説』(前掲)などを参照。

(28) 長山靖生「不可視と不在の『明暗』」(前掲)では、即位礼大典に一言も言及がないというテクスト構造が、津田夫妻が自分の関心事以外にまったく目が向かないことを象徴していると分析されている。

(29)タイトルに関して、大社淑子は「まず、人間である穂積が神になり代わって悪を罰しようとして、その僭越を罰せられ、自滅せざるをえなかった意味での『神と人との間』。次に、神として崇められる女と、神性(ここでは性的魅力に等しい)を持たないただの人間としての女。」「第三は、神と人＝悪魔との関係であり、言いかえれば善と悪との葛藤。第四に、全能の神としての作者と、被造物としての人間の関係が考えられる」と整理している(「谷崎潤一郎作『神と人との間』について」『比較文学年誌』一九八九年三月)。また、千葉俊二は、『神と人との間』は、佐藤春夫の「心臓の旗印――或る応戦状」(『改造』一九二二年一〇月)を「まっ向から受けとめて書かれたものだ」とし、「一九二三(大正十二)年一月から「婦人公論」に連載がはじまったが、そのタイトルに用いられた「神」と「人」の語が、この詩篇に拠っていることは間違いない」と述べている(「解説　欲望の三角形」『潤一郎ラビリンス12　神と人との間』中公文庫、一九九九年)。

第五章　ヒロインを降りる

(1)コンパクトにまとめられた解説として、平田由美「ファム・ファタール」(井上輝子ほか編『岩波　女性学事典』岩波書店、二〇〇二年)がある。

(2)たとえば、イ・ミョンオクは「聖女と娼婦という、二元的な対立構造にどっぷり浸かっていた男たちは、同等な性の自由を主張し解放を叫ぶ女に恐れと警戒心」を抱くとともに「犠牲者の役割から自身を支配する存在に豹変した女というものに魅惑されざるを得ないというジレンマに陥」ったと論じている(イ・ミョンオク『ファム・ファタル』樋口容子訳、作品社、二〇〇八年〔原著二〇〇三年〕)。また、フェミニズム映画批評のなかでファム・ファタールが再評価された文脈について解説した、水田宗子「フィルム・ノアール」(『岩波女性学事典』前掲)も参照。

(3)一九六八年に象徴される政治現象については、世界革命という文脈のなかでその政治的力学を検証、考察した絓秀実『革命的な、あまりに革命的な――「1968年の革命」史論』(作品社、二〇〇三年)、同『19

68年』（ちくま新書、二〇〇六年）、「若者たちの叛乱」を「高度経済成長にたいする集団摩擦反応」として詳細に描き出した小熊英二『1968』（上・下、新曜社、二〇〇九年）などを参照されたい。

（4）鬼頭鱗兵「作品解説・エロス＋虐殺」シナリオ作家協会編『年鑑代表シナリオ集（一九七〇年版）』ダヴィッド社、一九七一年。

（5）以下、台詞の引用は映像の音声に基づくが、適宜、山田正弘・吉田喜重による脚本「エロス＋虐殺」（シナリオ作家協会編『年鑑代表シナリオ集（一九七〇年版）』ダヴィッド社、一九七一年）を参照した。シナリオでは、「魔子さん」と呼びかけられる、岡田茉莉子の演じるキャスト名には、固有名ではなく「若い女」という語が宛てられている。なお、二〇〇五年には、オリジナル版に近い三時間三六分の「ロング・バージョン」もDVD化されているが、本章では、一九七〇年公開時、二度のカットを経た二時間四五分版を参照した。

（6）後に触れる瀬戸内晴美（寂聴）『美は乱調にあり』（一九六五年）もまた、魔子への取材が物語の始発点に据えられている。取材をめぐるエピソードとして、新聞社の人間による「実は、魔子さんは有名なインタビュー嫌いでしてね。記者泣かせなんですよ。御両親のことは一切語りたがらないし、親とは関係ありませんといって、NHKのマイクにもそっぽをむいてしまったという人なんです」といった言辞があり、また、魔子が「真子」と改名しているといった情報も示されている。

（7）吉田喜重インタヴュー「パッションとしての映画」聞き手・構成＝筒井武文、『総特集＝吉田喜重（ユリイカ臨時増刊号）』二〇〇三年四月。

（8）鎌田慧は、大杉栄が荒畑寒村とともに、堺利彦、幸徳秋水の『平民新聞』を復刊したとき（一九一四年一〇月）、処刑を免れて各地の刑務所に収監されている同志について「大逆事件に坐し、危うく縊り残されたる同志諸君の消息」と紹介する大杉らの意思に、「獄外にいて「縊り残され」ている者は、あと一歩を前に踏みだす勇気をもつべきだ」という「言外」の「想い」を読み取っている（鎌田慧『大杉榮——自由への疾走』岩波現代文庫、二〇〇三年）。

(9) 吉田喜重「見ることのアナーキズム」(『早稲田文学』一九七〇年四月)、同『見ることのアナーキズム』(仮面社、一九七一年)に再録。引用は前掲『総特集＝吉田喜重』に拠る。

(10) 大杉、神近、野枝の「フリーラブ」の取り決めは、「お互いに経済的自立をすること」「同棲などしないで別居生活を送ること」「お互いの自由(性も)を尊重すること」の三条件であった。「これは大杉だけに都合のいい、不平等条約だった。というのも、保子、野枝、神近のうち、あの時代に仕事をえて「経済的自立」ができるなど、神近ぐらいのものでしかなかった」からだ(鎌田慧『大杉榮——自由への疾走』前掲)。

(11) インタビュー「自作を語る」聞き手＝佐藤重臣、『映画評論』一九六九年九月。

(12) 五十嵐清・藤岡康宏「人格権侵害と差止請求——『エロス＋虐殺』事件を契機として」『判例時報』一九七〇年九月。同論文の註では、新聞の読者欄などを参照しつつ、「観客の多くが、神近女史のプライバシーの侵害を感じた点」についても言及されている。

(13) 齊藤正治「『エロス＋虐殺』事件!」『映画評論』一九七〇年五月。

(14) 竹中労『断影 大杉栄』ちくま文庫、二〇〇〇年(引用部の初出は『遊』一九八〇年六月)。

(15) 抗告理由補充書のなかに、「相手方(債務者)は、本件映画の製作意図ないし動機について、しきりに「神近さん(抗告人)を尊敬し愛するのあまり」作ったもので、人格権を侵害するつもりはなかった、旨弁疎するようであるが、このような巧言令色は全くこれを信じるに足らず」といった表現が見られる(東京高等裁判所判例、昭和四五年四月一三日、『高等裁判所民事判例集』第二三巻二号)。

(16) 竹中労は、「吉田としては、神近女史を性解放の先覚として〝美化〟したつもりであった」と述べた上、「神近女史が「プライバシー侵害」と告訴に及んだのは、彼女自身があの刃傷沙汰をいわば若き日のあやまちであり、ハレンチむざんな痴情事件であると、半世紀もの長い歳月を恥じてきたことの証明であった」(傍点原文)と意味づけている(前掲書、一一〇—一一九頁)。

(17) 『文藝春秋』一九六五年四月—十二月に連載、一九六六年文藝春秋社より単行本刊行。一九六九年、角川文

庫。『瀬戸内寂聴伝記小説集』第四巻（文藝春秋、一九八九年）、『瀬戸内寂聴全集』第一二巻（新潮社、二〇〇二年）にも所収。二〇一〇年、角川文芸出版より新装版が刊行。本章では全集を参照した。

（18）角川文庫版の尾崎秀樹の解説には、「『美は乱調にあり』は、転形期の女性のひとりであり、身をもってその時代を生きた伊藤野枝の半生をあつかった長篇である」とある。

（19）井原あやは、六〇年代後半の女性週刊誌が特集した実名連載小説や近代史の名ヒロインといった企画のなかで、伊藤野枝もスキャンダラスな文脈のなかに繰り返し取り上げられていたことを指摘している。そこでは、女性たちのもつ社会的・文学的な成果や意義は等閑視され、「スキャンダルの業火を一身に受けながら、欲望され、批判されるべき「女たち」の姿」が前景化されている（『〈スキャンダラスな女〉を欲望する――文学・女性週刊誌・ジェンダー』青弓社、二〇一五年）。

（20）前章でも触れたが、中上健次は、天皇の神話に対抗するため、路地というトポスにおいて、上下の階級を逆転させた物語を描き抜こうとする一方、大逆事件を冤罪という問題系から、天皇制に対する叛逆の論理を編み出した事件へと読み替えた。中上健次が見出したのは、大逆事件が表象のレベルで天皇制の構造に刻みつけた意味にほかならない。一九九二年に亡くなると、中上健次は特権化された作家となった。中上による大逆事件への注目は、柄谷行人をはじめ、男性批評家たちにも受け継がれたが、そうした批評の構造において、フェミニズム批評や女性批評家を排除するような力が強く働き、中上健次を神聖化する批評共同体が、男性化されたホモソーシャルなシステムとして組織された。こうした構造については、拙稿「中上健次とジェンダー」（関礼子・原仁司編『表象の現代』翰林書房、二〇〇八年）において論じた。

第六章　帝国とファム・ファタール

（1）女性身体が良／悪の二元論で構築される問題については、笠間千浪編『〈悪女〉と〈良女〉の身体表象』（青弓社、二〇一二年）に詳しい。

(2) 近代の異性愛中心主義（ヘテロセクシズム）の構造については、竹村和子『愛について――アイデンティティと欲望の政治学』（岩波書店、二〇〇二年）を参照。

(3)『痴人の愛』は、前半部は『大阪朝日新聞』（一九二四年三月二〇日―六月一四日）、後半部は『女性』（一九二四年一一月―一九二五年七月）に掲載された。本章での引用は、『谷崎潤一郎全集』第一〇巻（中央公論社、一九八二年）に拠った。

(4) ナオミの二面性を扱った先行研究は数多い。野口武彦は、谷崎文学にあっては「女における「悪」と「聖」、聖母性と娼婦性、すなわち女の二律背反をそのまま超越化することが芸術的マゾヒズムの使命になるだろう」と述べ（『谷崎潤一郎論』中央公論社、一九七三年）、田中美代子は「肉欲と感官に訴えて男を凌駕し、足下に屈従せしめる超精神的な女」になったナオミは「卑賤と聖性を体現」していると言う（「神になった女」『海』一九七七年七月）。また笠原伸夫は「邪悪不倫のゆえに聖なる女神と化す、という背理的な命題は、試行錯誤を重ねながら、いまナオミのしなやかな女体のうちに結実しようとしている」と述べる（『谷崎潤一郎』冬樹社、一九八〇年）。

(5)『痴人の愛』における二項対立的な図式や、ジェンダー論的な問題を考察するための前提に関しては、金子明雄「ジェンダーとメディア」（中山和子ほか編『ジェンダーの日本近代文学』翰林書房、一九九八年）が簡潔に整理している。

(6) モダンガールが現実よりも広告を中心としたイメージの先行する表象であったこと、帝国の物語と交差する状況などについては、伊藤るりほか編『モダンガールと植民地的近代――東アジアにおける帝国・資本・ジェンダー』（岩波書店、二〇一〇年）を参照。

(7) 田口律男「谷崎潤一郎『痴人の愛』を読む」（『近代文学試論』一九八七年一二月）は、譲治の都市的ハイカラな論理と田舎的伝統の論理の二面性がナオミの実像と虚像の二面性に対応すると指摘する。

(8) 柴田勝二「遡行する身体」（『東京外国語大学論集』二〇〇三年三月）は、「西洋人」化するナオミの身体に、古代・中世的な身体に還元される過程を読み取っている。

（9）『痴人の愛』における記号や風俗のもつ二極性については、「〈シンポジウム〉方法の可能性を求めて」（『日本近代文学』一九八六年一〇月）で議論されている。その延長上で、金子明雄は「風俗の記号」が「語り手の意識を超えて物語の進むべき方向を潜在的にコード化」する様相を論じている（「谷崎潤一郎『痴人の愛』」『國文學　解釈と鑑賞』一九九三年四月）。

（10）辻本千鶴「『痴人の愛』論」（『立命館文学』二〇〇六年二月）は、頭脳と肉体、不潔と蠱惑、淫婦と女神といった要素がアンビヴァレントに譲治を惹きつける「必須の条件」だと述べる。

（11）明治期における「混血」の表象については、広津柳浪の新聞連載小説『異だね』（『読売新聞』一八九四年七―一〇月）のなかで、イギリス人「洋妾《らしゃめん》」の子として生まれた「雑種子《あひのこ》」の主人公の、赤い髪と緑の眼という異質な「美」が差別的に有標化されるという様式や、苦難と不幸を配置する物語の形式が参考になる。『異だね』では、混血的「美しさ」を人種的差異として有標化するシステムを無効にする地平が設定されるなど、暴力としての差別への批判がある。なお、明治期には大日本帝国が植民地支配の正統性を証明する装置として混血者を設定する小説が数多く認められた（拙著『帝国と暗殺』前掲、第三章・四章参照）。また、中谷元宣「『痴人の愛』の構造」（『国語と教育』大阪教育大学、一九九八年三月）は、明治二〇年代の谷崎文学や人種論などを参照しつつ「混血児」という記号に注目し、その差別や偏見に基づく負の意味づけが、ナオミに与えられた社会の「客観的判断」を示しているのだと論じている。

（12）『痴人の愛』の前身的作品とも評される『肉塊』（『東京朝日新聞』一九二三年一―四月）のヒロインは、「混血の美少女」であり、「女優」に仕立てられようとするグランドレンである。

（13）中村三代司「〈夫婦小説〉としての『痴人の愛』」（『日本近代文学』一九九七年五月）、五味渕典嗣「われわれの内なる《アメリカ》」（『日本近代文学』二〇〇三年五月）。

（14）教師と女学生との関係が新聞報道などで問題化された福知山女学校の事件については、稲垣恭子『女学校と女学生――教養・たしなみ・モダン文化』（中公新書、二〇〇七年）などを参照。

(15)『痴人の愛』の「白」や「白人」に注目した論としては、「白」と「女」の観念的な形象化を「方法としての西洋」という主題で論じた前田久徳『谷崎潤一郎――物語の生成』（洋々社、二〇〇〇年）、「白人女性」と空想の母が重ねられ、両義的に形象化されたと論じる細江光「『痴人の愛』論――その白人女性の意味を中心に」（『国語と国文学』一九八八年四月）、ナオミの「白」の作用に西洋化のプロセスを読み取った、中野登志美「谷崎潤一郎『痴人の愛』論――『痴人の愛』に於ける拝跪の美学」（『日本文芸研究』二〇〇二年一二月）などがある。

(16) 物語展開の上で、譲治とナオミの立場が最終的に逆転する構図については、生方智子が、『痴人の愛』の論理は、近代的な知の枠組みを失効させるようでいて支配されているのであり、反転もまた擬装でしかないと批判的に論じている（「「痴人」の戦略――『痴人の愛』におけるジェンダーの枠組み」『明治大学大学院文学研究論集』一九九六年九月）。

(17) 渡部直己はナオミの「汚物」の描写がシュレムスカヤ夫人の「腋臭」と連続していることを指摘した上で、谷崎の初期作品から反復される「汚物嗜好《スカトロジー》」に関連づけながら、「悪行もふくめた彼女の「だらしなさ」「不潔」さは、いっけん嫌悪の対象のごとく語られてありながらも、そのじつたえず両義的なのだ」と論じている（『谷崎潤一郎――擬態の誘惑』新潮社、一九九二年）。

(18) 帝国が本国以外の「人種や民族を支配するために差別し、序列化していく体制」には、科学的な装いをもった社会ダーヴィニズムが関与しており、なかでも「不潔」は「決定的な基準」として機能し、公衆衛生観念の普及は「文明度を測る決定的な指標」にほかならなかった（ひろたまさき『差別からみる日本の歴史』解放出版社、二〇〇八年）。

(19) 生方智子「「痴人」の戦略」前掲。

(20) 坪井秀人「『痴人の愛』の「私」」『名古屋近代文学研究』一九九〇年十二月。

(21) 金子明雄は、新聞から女性雑誌に媒体を移した『痴人の愛』が可視化するのは、「ジェンダー化言説が語られるとき、その背後で人々が何について沈黙しているのか」なのだと述べている(「ジェンダーとメディア」前掲)。また、五味渕典嗣は、改稿が重ねられる過程で、『痴人の愛』の最終章から「表象としての《アメリカ》」が後景化され、最終的に敗戦後の改稿でその言葉が完全に姿を消してしまったことを指摘する(「われわれの内なる《アメリカ》」前掲)。

(22) ジュディス・バトラー『ジェンダー・トラブル――フェミニズムとアイデンティティの攪乱』竹村和子訳、青土社、一九九九年〔原著一九九〇年〕。

第七章　帝国の養女

(1) 徳田秋聲『あらくれ』は、『読売新聞』(一九一五年一月一二日―七月二四日)に連載、一九一五年九月、新潮社より単行本が刊行された。引用は、『徳田秋聲全集』第一〇巻(八木書店、一九九八年)に拠る。

(2) 山口佳津子「秋聲の表現」(『国文』お茶の水女子大学国語国文学会、一九八一年七月)では、先行論を整理しつつ、秋聲の時間処理の手法の二つの特徴として、数値的な表現より季節的な表現が多用されること、〈倒叙〉と呼ばれる、時間の巻き戻しをする表現法のあることが指摘されている。また、松本徹は、数値的な表現が少なく、現実的な時間の流れが錯綜して登場人物の属する時点が曖昧にされる時間叙述について論じている(『徳田秋聲』笠間書院、一九八八年)。

(3) 亀井秀雄「秋聲の話法《ナラトロジイ》」『徳田秋聲全集』第一〇巻解説、八木書店、一九九八年。

(4) エドワード・W・サイード『文化と帝国主義』1・2、大橋洋一訳、みすず書房、一九九八年・二〇〇一年〔原著一九九三年〕。

(5) 『あらくれ』の物語内時間に関しては、新関岳雄「『あらくれ』をめぐって」(『山形女子短期大学紀要』一九八三年三月)に詳細な検討がある。

（6）研究史においては、「自覚せざる新しい女」（吉田精一）という評が、漱石の「現実其儘を書いてゐるが、其裏にフイロソフイがない」と並んでよく知られ、中心軸となってきた。藪禎子「『あらくれ』論」（『藤女子大学国文学雑誌』一九九五年一一月）は、「『あらくれ』の作中時間は、日露戦争をはさむほぼ数年であるが、『或る女』がそうであるように、「新しい女」論議以後の作者の視線や問題意識が投影されていることは間違いない」と論じている。

（7）松本徹「「西洋化」の中の『あらくれ』」『武蔵野大学文学部紀要』二〇〇四年三月。

（8）田島奈都子「ウインドー・ディスプレー」山本武利・西沢保編『百貨店の文化史――日本の消費革命』世界思想社、一九九九年。

（9）吉見俊哉『博覧会の政治学――まなざしの近代』中公新書、一九九二年。

（10）小平麻衣子『女が女を演じる――文学・欲望・消費』新曜社、二〇〇八年、第一章参照。

（11）吉見俊哉『博覧会の政治学』前掲、一二九―一三〇頁。

（12）吉見俊哉『博覧会の政治学』前掲、一八〇頁。

（13）國雄行『博覧会の時代――明治政府の博覧会政策』岩田書院、二〇〇五年。

（14）松本徹『徳田秋聲』（前掲）は、前半と比べて後半部分は物語が平板になると述べ、お島の「捨子」性に着目する大杉重男も、『あらくれ』の後半が物語的な転回により散文＝小説的になると指摘し、お島が「物語の中で捨てられた捨子」から「物語自体によって捨てられた捨子」となったと論じる（『小説家の起源――徳田秋聲論』講談社、二〇〇〇年）。逆に、作品内のジェンダーの力学について論じている太田瑞穂は、「お島が物語後半、生き生きとして活動するように見え、そのような批評が多いのも、彼女が当時の女性的な表象から隔たっていたからだ」としている（「身上・女・商売」『文学のこゝろとことば』二〇〇〇年八月）。

（15）大杉重男『小説家の起源』（前掲）は、『あらくれ』に「水」をめぐる叙述と表象が頻出することを物語の特質として読解している。

(16)身体境界の表象については、ジュリア・クリステヴァ『恐怖の権力』(枝川昌雄訳、法政大学出版局、一九八四年〔原著一九八〇年〕)を参照。
(17)太田瑞穂は、養家においてお島に期待されていた、娘に経営手腕のある婿を取り家督相続する〈姉家督〉の認識が、一八九八年に改正民法の施行により変化したことが、お島の結婚をめぐる養家とお島との対立の背景にあることを指摘する(「身上・女・商売」前掲)。
(18)その他、お島が浜屋の主人の息子に対して、「阿母さんとをばさんと、孰《どつち》が好き?」と問いかけたり(五〇)、小野田に対して「あんな親」なら「私なら親とも思やしない」となじったりなど(八六)、テクスト全体に、血縁関係と養子縁組的な関係とが鋭く対立するようなしかけがある。
(19)お島の流産の場面は、身体感覚の描写として賛否両論がある。渡邊澄子「『あらくれ』論」(『大東文化大学紀要(人文科学)』一九九七年三月)は、淡泊な描写が女性の性を描き切れておらず、男性作家の限界が露呈していると批判する。藪禎子「『あらくれ』論」(前掲)は、妊娠・出産という身体性から解放された女性身体の描写を評価している。
(20)小熊英二『単一民族神話の起源――〈日本人〉の自画像の系譜』新曜社、一九九五年、一四六―一四七頁。
(21)中山昭彦「ジェンダーと家父長制」中山和子ほか編『ジェンダーの日本近代文学』翰林書房、一九九八年。
(22)エドワード・W・サイード『世界・テキスト・批評家』山形和美訳、法政大学出版局、一九九五年〔原著一九八三年〕。
(23)メディア報道における朝鮮の物語の構造については、拙著『帝国と暗殺』(前掲)の第四章、第五章で詳述した。
(24)内藤寿子「『あらくれ』論」『文芸と批評』一九九九年五月。
(25)高榮蘭「『テキサス』をめぐる言説圏」金子明雄ほか編『ディスクールの帝国』新曜社、二〇〇〇年。

第八章　壊れた物語

（1）知識階級に共有される認識として、ナショナリズム、自由、民主主義といった「「大きな物語」を作りやめると排外主義が隙間を埋めてくる」といった発想があることは確かだろう（佐藤優『帝国の時代をどう生きるか』角川 one テーマ21、二〇一二年）。日本の文脈でいうと、それは「物語＝歴史」が機能しなくなって「排外的なナショナリズムやネトウヨというものが蔓延している」といった見解になる（宇野常寛の発言、宇野ほか編『ナショナリズムの現在――〈ネトウヨ〉化する日本と東アジアの未来』朝日新書、二〇一四年）。

（2）「「反ナショナリズム」ではなくて、ナショナリズムをもっと別のかたちで活用することで、ナショナリズムの暴走を押さえなきゃいけない」、「単なる「反『物語』」ではなくて、「別の物語」をいかに作るか、という話ですね」（萱野稔人の発言、『ナショナリズムの現在』前掲）。

（3）中谷いずみ「ナショナリズムの語りと新自由主義」（『社会文学』二〇一五年八月）。中谷は、ナショナリズムの語りと新自由主義イデオロギーとの「共犯的関係」が「抽象的な構造体」としての「国家」の位相を不可視にしていると論じている。

（4）ジョック・ヤングは『排除型社会』（青木秀男ほか訳、洛北出版、二〇〇七年（原著一九九九年））、『後期近代の眩暈』（木下ちがやほか訳、青土社、二〇〇八年（原著二〇〇七年））において、後期近代である現代社会が包摂型社会から排除の論理に支配された構造へと変化していることを指摘する。また、アンソニー・ギデンズ『モダニティと自己アイデンティティ――後期近代における自己と社会』（秋吉美都ほか訳、ハーベスト社、二〇〇五年（原著一九九一年））は、グローバル化した時代におけるアイデンティティの変容について論じる。

（5）村田沙耶香『タダイマトビラ』は、初出『新潮』二〇一一年八月、単行本は二〇一二年三月、新潮社刊。引用は単行本に拠った。

（6）たとえば「草食系」の若者が増え、未婚者が増加する現代では、若者が保守化している、という分析を行なう山田昌弘『なぜ若者は保守化するのか』(東洋経済新報社、二〇〇九年)など。
(7)イヴ・K・セジウィック『男同士の絆』上原早苗・亀澤美由紀訳、名古屋大学出版会、二〇〇一年(原著一九八五年)。
(8)二〇一二年十月から「黒子のバスケ」脅迫事件を起こし、二〇一三年十二月に逮捕された渡邊被告は、一四年八月に四年六ヶ月の実刑判決を受けた。以下、意見陳述からの引用は、渡邊博史『生ける屍の結末——「黒子のバスケ」脅迫事件の全真相』(創出版、二〇一四年)に拠った。
(9)『爪と目』の初出は『新潮』二〇一三年四月号。単行本は二〇一三年七月、新潮社刊。引用は、単行本に拠った。
(10)藤野可織「正確に書くこと」(『爪と目』刊行記念特集インタビュー)『波』新潮社、二〇一三年九月。
(11)選評には「二人称」についての記述が散見されるが、奥泉光は、「二人称を巧みに使った一篇である」、「方法の貫徹ぶりを評価し、受賞に推す声に賛成した」と述べ、島田雅彦は「『爪と目』は成功例の少ない二人称小説としては、例外的にうまくいっている」と評している(芥川賞選評、『文藝春秋』二〇一三年九月)。
(12)山田詠美は「韓国ホラー映画の『箪笥』を思わせる不気味なおもしろさ」と評価し、宮本輝は「最後の場面が、単なるホラー趣味以外の何物でもない気がして首をかしげざるを得なかった」と否定的コメントを寄せている(芥川賞選評、同前)。また、受賞記念対談では、堀江敏幸に「「ホラー小説」というレッテルのことについて問われ、藤野可織は「私としては、ホラーのつもりで書いたわけでは」「一切なかった」と答えている(藤野可織・堀江敏幸対談「この世界を正確に書きうつしたい」『文學界』二〇一三年九月)。
(13)小黒康正『水の女——トポスへの船路』九州大学出版会、二〇一二年、三—九頁。
(14)ブラム・ダイクストラ『倒錯の偶像——世紀末幻想としての女性悪』富士川義之ほか訳、パピルス、一九九四年、四一一—四二八頁(原著一九八六年)。
(15)小黒康正『水の女』(前掲)参照。小黒は、水の女の物語はヨーロッパに限定されたものではないが、『日本書紀』『和名抄』などに記述のある「人魚」はヨーロッパにおける水の女の系譜とは異なる点があると述べ、近代日本文学における「水の女」について、ヨーロッパの文脈との差異と影響関係について論じている（二一七―二四八頁）。

(16) オフィーリアは、ラファエル前派の画家たちにとって「少なくとも一度は描かざるを得ない主題」となった。狂気によって恋人への献身を完璧に立証し、身体を花に同一化し、水死して水底に沈む彼女の運命は、「女性は従属物であるとする十九世紀の男性のこのうえなく他愛ない幻想を満足させた」（ダイクストラ『倒錯の偶像』前掲、八九頁）。

(17) 漱石テクストにおける水の表象を論じた代表的な批評として、大岡昇平「水・椿・オフィーリア」（『小説家夏目漱石』筑摩書房、一九八八年、ちくま学芸文庫、一九九二年）、蓮實重彦『夏目漱石論』（筑摩書房、一九七八年、講談社文芸文庫、二〇一二年）など。また、尹相仁『世紀末と漱石』（岩波書店、一九九四年）は、ラファエル前派はヨーロッパの世紀末以上に、日本の世紀末の「原点」になったとし、漱石が二十世紀初頭のロンドンでふれた「オフィーリア」（ミレー）、「マーメイド」（ウォーターハウス）等々が作品に投影した様相について論じている。

(18) 尹相仁は、フィリップ・ジュリアンが述べた「オフェーリアたちはサディストの幻覚」（『世紀末の夢』〈新装版〉杉本秀太郎訳、白水社、二〇〇四年〈原著一九六九年〉）にもふれ、オフィーリアとモナリザが世紀末において「水の女」の原型となった状況について論じている（『世紀末と漱石』前掲）。

(19) ガストン・バシュラール『水と夢』及川馥訳、法政大学出版局、二〇〇八年〈原著一九四二年〉。

(20) ダイクストラ『倒錯の偶像』前掲、三三九―三七九頁。

(21) 消費とジェンダーの構造については、小平麻衣子『女が女を演じる』（新曜社、二〇〇八年）を参照。

(22) 大澤信亮は、爪がつけた傷跡と文字が相関関係をもち、この小説が「文字という爪で、読者の目を潰すことができるか」、つまり都合の悪いことを見ない現代の状況を変質させことができるかという主題につながっていると指摘している（「創作合評」『群像』二〇一三年五月）。

（23）二人の女性の間にエロティックなものを読み込みうるという視座は、中谷いずみ氏の教示によるものである。

（24）セジウィックは、同性間の欲望が公然の秘密として構造化された近代の「クローゼット」の文化とは、視点として隠されたクローゼットのプライバシーを守るために、見せ物として形象化されたクローゼットが舞台化されるという構造であり、それが語り手や読者が暗黙のうちに自らの位置を抜き取って代理させ、知ることと知られることが同じになる、パラノイア的あるいは投射的な構造であることを可視化している（イヴ・K・セジウィック『クローゼットの認識論――セクシュアリティの20世紀』外岡尚美訳、青土社、一九九九年〔原著一九九〇年〕）。現代の小説のなかに現われたこれらの衝動は、読者がホモフォビックな否認を捨て、知ることと知られることとの間で視点を危うくしながら意味を受け取ることを要請しているだろう。

終章　朝鮮と在日

（1）こうした欠性対立と複合差別の構造については、上野千鶴子『差異の政治学』（岩波書店、二〇〇二年）に詳しい。

（2）サンフランシスコ平和条約の発効にともない、日本の植民地統治から解放された朝鮮人、台湾人は一律に「外国人」となった。「日本人」の概念が民族や血統の意識と結びついて構成されていること、戸籍と国籍によって「日本人」の範囲が確定されていく力学を政治学の観点から論じた、遠藤正敬『戸籍と国籍の近現代史』（明石書店、二〇一三年）が参考になる。

（3）以上、引用は崔真碩『朝鮮人はあなたに呼びかけている――ヘイトスピーチを越えて』彩流社、二〇一四年。加えて崔真碩は、朝鮮人という響きを避けるために韓国人、コリアンという語を選択すること、あるいは植民地時代の朝鮮人を「韓国人」「韓国・朝鮮人」と呼んだり、「朝鮮の方」という呼び方を「良心的立場」から用いることも批判しているが、崔の批判するこうした態度は、差別的な意識で「朝鮮人」の語を発話することと表裏であるだろう。

(4) 日本語文学をめぐっては、金石範の講演「文学的想像力と普遍性」とシンポジウムの討議が収録された、青山学院大学文学部日本文学科編『異境の日本語』(社会評論社、二〇〇九年)を参照。金石範の思想については、『新編「在日」の思想』(講談社文芸文庫、二〇〇一年)を参照。なお、日本語文学の概念は、磯貝治良『始源の光』(創樹社、一九七九年)において提唱されていたことを指摘する宋恵媛は、在日朝鮮人文学が、日本の高等教育を受けた植民地エリートの男性作家が書いた日本語作品に限定されてきたことを問い返し、解放後の在日朝鮮人文学を考えるためには日本語作品と朝鮮語作品を等しく扱うことが必要であると述べている。日本文学が日本語文学と言い換えられ、在日朝鮮人作家の日本語作品が再評価されることは、「朝鮮語作家や作品の再びの不可視化と抑圧という事態をも招来した」のである(『「在日朝鮮人文学史」のために――声なき声のポリフォニー』岩波書店、二〇一四年)。

(5) 林浩治『在日朝鮮人日本語文学論』(新幹社、一九九一年)、川村湊『生まれたらそこがふるさと――在日朝鮮人文学論』(平凡社、一九九九年)、山﨑正純『戦後〈在日〉文学論――アジア論批評の射程』(洋々社、二〇〇三年)、金壎我『在日朝鮮人女性文学論』(作品社、二〇〇四年)、宋恵媛『「在日朝鮮人文学史」のために』(前掲)。

(6) 磯貝治良は、在日の書き手のなかに自分の文学を「在日文学」と規定されることに違和感をもつ傾向が強まっていることを指摘した上で、にもかかわらず在日文学の「土壌」が消滅するわけではなく、「変容しながら存在」するのだと論じている(『〈在日〉文学の変容と継承』新幹社、二〇一五年)。

(7) 選考委員の斎藤美奈子は「「日本人」の側から「在日問題」に真正面から体当たりした作品」と評価している(『文藝』二〇〇九年一一月)。

(8) 李龍徳『死にたくなったら電話して』は、文藝賞を受賞した李龍徳のデビュー作である。初出は『文藝』

（二〇一四年一一月、冬季号）、二〇一四年十一月に河出書房新社より単行本刊行。以下、引用はすべて単行本に拠った。

あとがき

近代の差別の論理は、世界を二つに切り分け、二つのものの間に序列を与えることによって成り立っている。二元化した世界のなかで、マジョリティは肯定的な自画像を獲得するために、劣位にある他者としてのマイノリティを必要とする。有標化されたマイノリティは、マジョリティのなかにいる「わたし」を、劣った徴をもたない「普通」の「わたし」として意味づける。

二元化された序列は、差別のネットワークを作り出し、規範と化す。女ではない自分、同性愛者ではない自分、障害者ではない自分、少数民族ではない自分、「非国民」ではない自分、といったかたちで、マジョリティの自己意識が組み立てられていく。

帝国と植民地の序列をもとに構成された近代の論理は、差別を前提にした帝国主義的ナショナリズムの物語を量産してきた。前提となる二元的差別の秩序は、物語をとおして日本語のなかに深く根を下ろしている。

「愛国的無関心」とは、このような帝国主義の差別の二項対立を背景に、伏字的死角をつうじて構築された、日本的な感性の骨格である。その論理としては、差別化された他者を、伏字と同じように、そこにいても見ないでよしとする形式をもつ。したがって、マイノリティはいつでも、興味や関心の埒外におかれ、不可視の領域に閉じ込められる。

そして「愛国的無関心」は、反復する逆転という運動をもった帝国の物語をとおして表象＝上演され続けてきた。優位にあるものが劣位にあるものと入れ替わったり、上下の価値が反転したり、といった、対立する二項が逆転する運動は、そもそも両義性を含みやすい物語になじんだ、物語の定型的な運動ということができる。一見したところ、逆転の運動は、価値を転覆し秩序を攪乱するようにみえるが、反復するという特徴をもった上、伏字的死角に既存の序列を不変の規範として保管しているため、結局のところ、逆転された世界観は、既存の秩序の似姿にすぎない。逆転が反復されると、元の序列と逆転した序列とが表と裏から繰り返し表現されることになり、反復によって二元化された既存の序列が裏側からも補強されて、帝国的な秩序が多彩なかたちで強化されていくことになる。

したがって、差別されるマイノリティにとって、逆転という出来事がどんなに好ましく魅力的にみえようと、それはまやかしであり、マイノリティが逆転の運動をとおして何かを変質させようとしても、実のところは「愛国的無関心」を基盤にした反復する物語の運動に巻き込まれるだけにすぎない。

この「愛国的無関心」は、冷ややかな他者の黙殺という現われ方をすることもあれば、他者の内実を無視し、熱狂的に攻撃するという現われ方をすることもある。そして現在にあっては、「愛国的無関心」は、さまざまなレベルの「敵」に対する、強烈な攻撃性として現われているようにみえる。

旧来のナショナリズムや国民国家の物語といった、いわゆる「大きな物語」が溶解した現代は、ある種の転換期にあるといえるだろう。日本ではとりわけ3・11以降、個人の政治的意識のあり方や、ネットというメディアに関わる身体、行動をともなった表現としてのデモのイメージや意味などが、広く変質していく渦中にある。

こうした現在にあって、「愛国的無関心」は、自分の周囲にあるものを「敵か味方か」という二元構図によってとらえ、相手を「敵」として認識した瞬間、敵である他者の声を無視し、バッシングすることによって発言する機会を奪い、なにも言えなくさせてしまう、あるいは相手の声を聞くことをやめてしまう、といった働き方をしているようだ。

攻撃の対象となるのは、「敵」ばかりではない。仮に「味方」であったとしても、「味方」であるはずの人間が「ちがうこと」を述べるのを許さないようなファシズムの空気が、左右を問わず、いたるところに満ちている。それは、大きなメッセージに重ならない意見やそれに逆らう主張を、取るに足りない細部として黙殺してしまう「愛国的無関心」から生まれた圧力である。

私たちは誰もが、そのときどきによって、マジョリティになることもあれば、マイノリティになることもある。自分の意見が「大きな声」に重なる場合もあれば、ときには、自分の立場から発する主張が、少数の「小さな声」にしかならないこともあるだろう。つまり、人はいつどんなときにもマジョリティの立場をとることができるわけではないのだが、「愛国的無関心」は、そのことを見えにくくし、「大きな声」に従うよう導く。なぜなら、他者としてのマイノリティを、思考に先立って伏字的死角に追いやり、不在化するからである。そこにいるのに読みとばされ、無視される埒外の他者は、その存在を殺されている。誰にでも他者性は内在している以上、論理的にいって、「愛国的無関心」に自分を委ねることは、自分のなかにある小さな声を自分からは見えない場所で殺し、知らないうちに自分の一部を損ない傷つけることを意味している。

もちろん、ある集団の「大きな声」に自分の立場が重なるとき、「わたし」はその集団に一体化し、「わたしたち」の一部になることができる。そのとき「大きな声」は、「わたし」になにがしかの力を与えてくれるだろう。共同体や集団に参画することの意義をすべて否定するつもりはないのだが、このとき「わたし」は、「わたしたち」に対立する人々の声や、「大きな声」の内部にありながら不協和音を発する少数者の声に対して、聞く姿勢をとることがはたしてできるだろうか。実際のところ、「愛国的無関心」の呪縛は強力であるから、寛容に聞く姿勢をもつことは、極めて難しい。伏字をかぶせて、そこにいる人を見るのをやめてしまうことの方が、他者の声を聞き取ろうとすることよりずっと簡単だ。

本書のなかで示したかったのは、伏字的死角をもった日本の「愛国的無関心」の構図である。それを明らかにすることで、一人一人の「わたし」の視界のなかにこそ、他者の場所に閉じ込められた存在を、具体的な手触りをもった「あなた」として感じうる可能性があることを証明したいと考えていた。「愛国的無関心」によって他者のみならず自分をも傷つける世界の論理は、まずは可視化され、次に相対化されるべきだろう。

文学の言葉は、他者を「あなた」として出現させる契機を宿している。その意味で、文学的な言語をどのように読むか、という問いを持ち続けることは、「愛国的無関心」をはじめとする既存の秩序がもった歪みを批評し、その世界像から自由になるための道を切り開いていくように思う。「大きな声」をもったマジョリティと「小さな声」しかもたないマイノリティがいるのではない。文学を支えているのが無数の細部であるのと同じように、世界は複数の数え切れない小さな声が響き合って成り立っているのだ。

なお、本書は、この十年の間、「ジェンダーとナショナリズム」をテーマとして書いてきた論文をもとにしているが、一冊の本として構成するにあたり、大幅な加筆修正をほどこした。原型をとどめていないものもあるが、初出は以下の通りである。

第一章　「愛国的無関心とジェンダー」（『大妻国文』大妻女子大学国文学会、二〇一五年三月）

第二章　「目に見えない懲罰のように――一九三六年、佐藤俊子と移動する女たち」（紅野謙介ほか編『検閲の帝国』新曜社、二〇一四年八月）

第三章　「大逆事件と百年後の小説――瀬戸内寂聴『風景』を中心に」（『大妻国文』二〇一一年三月）

第四章　「メディアとしての『明暗』――引用される死のスキャンダル」（『大妻国文』二〇〇七年三月）、「大逆事件と谷崎潤一郎――回帰するスキャンダルと『神と人との間』をめぐって」（『日本近代文学』二〇〇六年一一月）

第五章　「ヒロインを降りる――『エロス＋虐殺』と物語の暴力」（『大妻国文』二〇一〇年三月）
第六章　「混血するナオミの不潔な肌――『痴人の愛』の背理」（『大妻国文』二〇〇九年三月）
第七章　「帝国の養女――『あらくれ』のジェンダー構造」（『大妻国文』二〇〇八年三月）
第八章　「廃墟への依存――現代小説が描く破壊された近代」（『大妻国文』二〇一二年三月）、「ファム・ファタールの無関心――「水の女」の系譜と藤野可織『爪と目』」（『大妻国文』二〇一四年三月）
終章　書き下ろし

出版にあたっては、新曜社の渦岡謙一氏に力になっていただいた。加筆修正する過程で、渦岡さんと語り合った時間は、私自身の考察を思いがけない方向に広げてくれるものとなった。記して心から感謝したい。

二〇一五年九月

内藤　千珠子

ま　行

や　行

ら・わ　行

な　行

は　行

た　行

さ　行

事項索引

や　行

ら　行

わ　行

な　行

は　行

ま　行

さ　行

た　行

人名索引

著者紹介

内藤千珠子（ないとう　ちずこ）

1973年生まれ。東京大学大学院総合文化研究科博士課程修了。博士（学術）。

現在、大妻女子大学文学部准教授。近現代日本語文学、文芸批評。

著書：『帝国と暗殺――ジェンダーからみる近代日本のメディア編成』（新曜社、2005年、女性史学賞受賞）、『小説の恋愛感触』（みすず書房、2010年）。

新曜社

愛国的無関心
「見えない他者」と物語の暴力

初版第1刷発行　2015年10月30日

著　者　内藤千珠子
発行者　塩浦　暲
発行所　株式会社　新曜社
〒101-0051
東京都千代田区神田神保町3-9　第一丸三ビル
電話（03）3264-4973（代）・FAX（03）3239-2958
e-mail　info@shin-yo-sha.co.jp
URL　http://www.shin-yo-sha.co.jp/
印刷所　星野精版印刷
製本所　イマキ製本所

ISBN978-4-7885-1453-9 C1090

好評関連書

内藤千珠子 著
帝国と暗殺
ジェンダーからみる近代日本のメディア編成
女性史学賞受賞
「帝国」化する時代の人々の欲望と近代の背理を、当時繁茂した物語のなかにさぐる。
四六判414頁
本体3800円

紅野謙介・高榮蘭ほか編
検閲の帝国
文化の統制と再生産
帝国期から占領期までの検閲の実態を、文化の（再）生産をめぐる統制の力学として描出。
A5判482頁
本体5100円

鈴木登美・十重田裕一・堀ひかり・宗像和重 編
検閲・メディア・文学
江戸から戦後まで
文学テクストの生成・需要空間における検閲の作用を日・英語のバイリンガル出版で探る。
A5判384頁
本体3900円

金子明雄・高橋修・吉田司雄 著
ディスクールの帝国
明治三〇年代の文化研究
境界、殖民、冒険、消費、誘惑などのキイワードで当時の日本人の認識地図を浮上させる。
A5判396頁
本体2400円

小平麻衣子 著
女が女を演じる
文学・欲望・消費
文学と演劇・ファッション・広告などの領域を超えて、ジェンダー規範の成立過程を描出。
A5判332頁
本体3600円

中根隆行 著
日本比較文学会賞受賞
〈朝鮮〉表象の文化誌
近代日本と他者をめぐる知の植民地化
差別的〈朝鮮〉像の形成が、近代日本人の自己成型の問題であったことを明らかにする。
四六判398頁
本体3700円

紅野謙介 著
投機としての文学
活字・懸賞・メディア
文学が商品として見なされ始めた時代を戦争報道、投書雑誌、代作問題などを通して描出。
四六判420頁
本体3800円